本书所得收益将全部用于"予乐童行"公益助学与非遗传承计划,在此感谢您的支持

邓超予

路过 时光

著

中国青年出版社

路過時光
田青

田青：知名音乐学家、非物质文化遗产保护专家，现任中国艺术研究院音乐研究所所长、中国昆剧古琴研究会会长、博士生导师

推荐序

只有热爱些什么，才能与这个世界相爱

见到超予本人之前，我就已经喜欢上她了。

某一年春节，晚饭后我的儿子早早打开电视，调到央视某个频道，说要介绍个朋友给我认识。我确实有些好奇，不知等了多久，伴随着欢快的旋律，电视里传来一阵嘹亮的女高音。儿子指着屏幕说："她叫超予，是一个少数民族姑娘。"

循声看去，一个长相甜美的女孩挽着高高的发髻，穿着一件红色曳地长裙，正在演唱中。初次"见面"，我被她那水灵又脆亮的声音吸引。我喜欢中国传统文化，也爱听民歌，更多的是惊讶于她娇小的身体竟然蕴藏着如此细腻而丰满的表现力。

几年后，这个名叫超予的女孩成了我的儿媳。

跟超予相处，我常常被她旺盛的生命力与创造力所感染。

她热爱音乐。客厅里站 C 位的那架钢琴常常是超予独宠的对象，她会自弹自唱；有时候还有钢琴伴奏老师到家，她还会约上几个好朋友组成一个小交响乐队，在家自己开起小音乐会；而我和我的儿子及亲朋好友都是她忠实的观众和粉丝。

超予有一个小键盘（我头一回见到那么小的键盘），她说那是她旅行出差时会随身携带的。她还经常找老师上课，我不解地问，"你已经很棒了，还要学吗？"她说："学习是终生的，艺无止境，终生都需要锤炼，并超越自我。"

她热爱非遗，几年前发起了"予乐童行"非遗传承计划，去各地寻访手工艺人，希望让古老的技艺焕发出新的生机。她的非遗绸伞，撑开能让头顶瞬间变得绚烂；她的手工布鞋，穿上会散发出淡淡的草药芬芳，就像踏着一段凝固的时光。她还会把她亲手参与、创新设计的这些物件当作最珍贵的礼物，送给生活中的朋友们。

身为土家族姑娘，土家族非遗文化不但融入超予的血液，也融入了生活的细枝末节。家里的火凤凰楼梯、西兰卡普花背餐桌椅、银器餐具茶壶、沙发靠垫杯垫等触手可及的地方，都充满了非遗元素。我们全家在她的影响下也开始了解，并爱上了这份美丽的土家族文化。

她热爱写作。每次出了新内容总是会用公众号的形式第一个分享给我。近几年我的眼睛越来越不好了，于是她给我制作成朗读版，我可以仔细听，遇到喜欢的文章我还会反复听好几遍。她把对生活的热爱、生命的感悟都注入笔端，细腻的文字如音符般流淌，温柔且有力量。

这一次，看到超予把自己所爱的一切写成了书，我觉得是特别好的一件事。她曾告诉我，十多年前她就开始创作这本书了。近几年来，她反反复复改了二十多稿。疫情期间我也见她一直在写……家里有厚厚一大摞这本书的草稿。

每每见她挑灯夜战"爬格子"，把自己一个人关在屋子里一整天不出门，她的这份用心与认真让我动容，也很欣慰，更会心疼……于是我主动提出，我要给她写几句！这也是我期待许久的一本书，书里有她热爱的音乐、非遗、公益、诗词，有她这些年的成长故事，还有她对生命意义的思考和探寻。

对于生活，超予说，"要将平淡的日子过成诗"。她把屋里屋外都摆满花花草草,打造属于她的"山林心"。

乔迁新居时,不知道给她送什么礼物,于是我把自己读过的书籍、收藏的黑胶,都给她搬过来了。她还给自己搭建了一个小阳光房,小阳光房伸出去便是她的"听雨亭",爬满了紫藤和凌霄花。阳光房里都是她的书籍和她爱的沉香、茶室,还有非遗文创品。她经常在阳光房里冥想、独处、阅读、静心……她在书香中感受千秋一寸心。如她所说,在热爱中自由,在探索中精进,人只有热爱些什么,才能与世界相爱!

对于事业,超予说,"要做一个'音乐手艺人'"。用工匠精神打磨每一首作品,赋予它独特的生命力。这些年,她为此身体力行。她说:"所谓成功,是个非常玄妙的东西。当你费尽心思追逐它时,往往都是一场空。成功的奥义就是把功练成,而时间自会奖励那些一心纯粹做事的人。"

民族声乐、诗词歌赋、土家非遗,它们是如此不同,但却有一个共同点——离不开时间的淬炼与打磨,离不开工匠精神,且都属于中华优秀传统文化。我想,这大概是超予以《路过时光》来命名这本书的原因。

光阴似箭,似水流年,世人匆匆向前,生命的每一段过往、路过的每一段时光,都值得纪念。她说要用自己的方式给这个时代留下属于她的印记。这让我很感动,也让我们全家都愿意陪在她身边默默支持她。她像一个小太阳，吸引着大家，温暖着大家，也感召着大家，也让我们更爱她。

我曾在国务院长江流域规划办工作，多次为国家领导人担任翻译，后因工作需要陪同国家领导人去了许多国家，接触到各个国家的文化，然而唯有中华优秀传统文化让我情有独钟，其中这份独特的土家族文化，它被超予带到了我们的家庭生活中，它如烙印一样刻在了我的生命里，融进我的生活中。它纯朴、精美、厚重，饱含历史沧桑，还有对生命的敬畏！

我最初参与三峡大坝的筹建，与超予的家乡——"水电之都"宜昌，确实有着深刻的缘分，因为我的初恋也在那里。后到水电部工作，并有幸参与到中国华能集团的原始创建……回首我这一生，一直都在"为人民服务"着。超予在书里写道，"爱和奉献是生命的全部意义，生命的意义在于走的时候比来的时候更加高尚"。这让我非常认同，仿佛我们所有人都在做这件事情，我们追求进步，我们向上向善，最终我们的灵魂都得到了净化。

愿超予未来像她的大爷爷所期望的那样，"成为一个人物"，真正成为一个有家国情怀的"人民艺术家"。我也有很多故事，闲时跟超予唠嗑。超予说，"接下来想写一本关于电力行业的小说，还想搬上银屏"。我非常支持她，愿梦想成真！

正如著名作家、《人世间》作者梁晓声先生送给超予的一句话："享受阅读，享受写作，享受生活中的一切美好！"愿超予在她的热爱里享受一切美好，永远不慌不忙又闪闪发光。也愿有无数个超予，向上向善，传递"她"力量，建设自我的同时也建设国家，为守护中华文化、传播中华文化作出更多更大的贡献！

蒋秀凤

国务院长江流域规划办专家组

中国华能前外事部部长

资深翻译家

目 录

第一章 手艺，一场关于幸福的修行

- "无字史书"西兰卡普 _ 3
- 从白果花到棋盘花，西兰姑娘的一生所爱 _ 7
- 我的浪漫战衣"火凤凰" _ 16
- 从吊脚楼到戛纳红毯 _ 19
- 一把伞，一双鞋 _ 24

第二章 巴山清江孕育的民族传奇

- 爱即赴死：盐水女神的爱情史诗 _ 37
- 隔山隔水喊嗓歌 _ 45
- 哭得越响，嫁得越好？ _ 54
- 生活的乐趣不止"科目三" _ 62
- 舌尖上的土家味道 _ 69

第三章 最炫"民歌"风

- 歌声里的乡愁 _ 80
- 经典永流传 _ 83
- 音乐手艺人 _ 87
- "好好"说话 _ 93
- 歌唱的金字塔构造 _ 97
- 《六口茶》被玩坏了 _ 102

第四章 把日子过成诗

◇ 一杯茶里的禅意 _ 113
◇ 器：天青色与软画风 _ 118
◇ 从历史中走来的闺中密友 _ 123
◇ 在都市中修一颗山林心 _ 131

第五章 一个人的好天气

◆ 不完满才是人生 _ 141
◆ 终身浪漫的开始 _ 151
◆ 今天是一个礼物 _ 161
◆ 一次生活的"越狱" _ 171

第六章 成为自己成全爱

◇ 爱的向内与向外 _ 181
◇ "扯扯船"自己撑 _ 184
◇ 绝不低到尘埃里 _ 187
◇ 懂你大于爱你 _ 191

第七章 给予的永不会失去

◆ 替大爷爷去见"大世面" _ 204
◆ 你是我的人间四月天 _ 211
◆ 恩师之风，山高水长 _ 218
◆ 心手相牵，爱无冬季 _ 226

路过时光

第一章

手艺,
　　一场关于幸福的修行

我对西兰卡普的记忆，是和童年那个光彩夺目的秋天连在一起的。

我的家乡长阳[1]，晴天很多。秋日的天，蓝得像一块琉璃。母亲在院子中晒嫁妆，一层层的织锦晕染出霞光灿烂的梦境。

朱红、苍青、藤黄、墨黑、珠白，丝线被挑打成精巧而又富于生命力的图案，伴随着从樟木箱中携带的沉沉香气，古朴而明快，好像给空气都着了彩。

平时没心没肺、只知道在院中疯跑的我，被这份美触动了。我停住脚步，眼睛睁得大大的。母亲觉察到我的好奇，让我坐在她脚边的小凳上，告诉我，这是"西兰卡普"。

---

[1] 长阳土家族自治县位于被称为"世界水电之都"的湖北省宜昌市。

"无字史书"西兰卡普

长大后,我才知道"西兰卡普"是土家语"织锦"的音译,"西兰"指铺盖(被面),"卡普"指花,合在一起,意为土家族人的花铺盖。每一代土家族女儿都会从母亲那里习得这门手艺。我的母亲在上一代人的耳濡目染间,也爱上了这份古老而神秘的美。

我的母亲出身于书香世家,从小就翻阅了很多有关"西兰卡普"的书。她并不满足于掌握简单常规的织法,而总想知道更多关于织锦的故事。二十世纪七八十年代,资讯获取方式远不如现在发达。母亲拜访了很多前辈,才陆陆续续有了自己对于西兰卡普更深刻的认知。

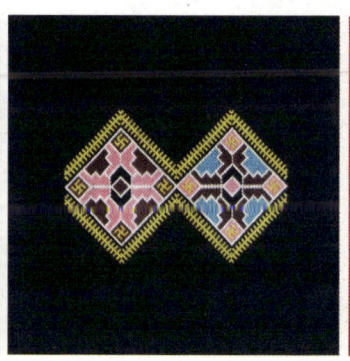

土家西兰卡普纹样:石毕、苗花、双八勾

母亲很少给我做科普，而是手把手带我进入这个浓艳的世界。

她一一展开每一块织锦，教我其中纹样的名字。这些纹样名，有的取材自土家族对花鸟鱼虫特有的叫法，如"藤藤花""梭罗丫"，期望土家族儿女向阳而生、生生不息；有的来源于当地人的日常生活，如"铺盖花""万字格"，期望万事顺遂、心想事成；还有的来自土家族世代相传的历史与传说，如"四凤抬印""老鼠嫁女"。这些花纹取自天地与自然，富于无穷无尽的想象力，承载了土家人对家园的眷恋与祝福。

记忆中,母亲常说:"养女不织花(织锦),顺如(还不如)莫(不)养她。"

土家族姑娘从十二三岁开始,就要先学着纺细布,以深色锦线为经线,以各色粗丝、棉、毛绒线为纬线,进行手工挑织。待到备嫁时,织成的西兰卡普就会直接充作嫁妆。西兰卡普的数量与精美程度,历来是土家族人晒嫁妆的重头戏。它展示了土家幺妹儿[2]的心灵手巧,也显示了幺妹儿的能力与才华。

一幅幅画面跃然于眼前,悠悠时光从指间滑过。土家幺妹儿把对生活的爱与期待织入这寓意丰富的"土家之花"。她们在五彩经纬之间,完成了出嫁前不可缺少的一次幸福启蒙。西兰卡普贯穿了土家幺妹儿的整个人生,成为珍贵的记忆,也被称为土家女儿的浪漫礼物。

我惊叹母亲的嫁妆中能有这么多精美的西兰卡普——有自己亲手所织,也有同乡姑娘所赠。在我看来,母亲延续了土家族最美"无字史书"。

母亲是一名人民教师,工作之余会琢磨怎么织就更美的西兰卡普。在她的书桌上,左边堆了厚厚的教案,右边就是一沓西兰卡普的图样草稿,满满都是涂改——看得出反复打磨的心思,她希望在传统的土家族图案中融入自己对美的思考与追求。

---

2 原指未婚待出阁的姑娘,后来泛指所有的土家族女性。

传统西兰卡普的配色是以黑白为基础，加上赤、青、黄为"五方正色"。母亲在这个基调上尝试加入嫩黄、橘黄、湖蓝等明艳色调作为点缀，使其更为活泼娇俏。她还给我和姐姐做了书包、发箍等小物件。母亲的这些尝试，在多年后也给了我很大的灵感和启发。不过，那是另一个故事了。

随着时间一天天过去，一段段斑斓的西兰卡普从母亲的手里诞生，在小城中传得越来越远。用现在互联网的语言来说就是"出圈"了。每逢雨天左邻右舍的幺妹儿都会来我家喝茶，她们围在母亲身边，抢着要学她最新设计的"花样子"。

我为母亲是这样一位"能人"而深感自豪，对土家织锦的兴趣也越来越浓。我经常陪着母亲在织机前，一坐就是一整天。母亲以经为笔、以纬为墨，画出自己心中对于幸福生活的蓝图。她对织锦的执着与热爱，也在我幼小的心中埋下了种子，直到有一天长成一棵参天大树。

从白果花到棋盘花，西兰姑娘的一生所爱

2017年因工作需要，我以中法文化交流大使的身份出席第70届戛纳电影节。当得知邀请函里还有个闭幕红毯环节，我开始纠结：红毯上该穿什么呢？

在媒体上，很多知名人士的红毯造型，来自高级定制，有的性感迷人，有的优雅知性。作为一名来自中国的文化使者，我最先想到的是如何将独属于东方韵味的美呈现给世界。那时，第一个跳入我脑海中的造型不是旗袍，而是来自家乡的西兰卡普。于是，我准备穿上带有土家族特色的礼服去走红毯，让全世界看到这份跨越万里山河的东方民族美。

但如何在礼服中融合传统与时尚，使其既展现土家族文化的独特，又符合现代人乃至世界潮流的审美旨趣呢？以及又该如何平衡织锦纹路的繁复与整体设计的简约？

在邢永老师工作室

在看到日本工艺大师赤木明登在《造物有灵且美》一书中，讲述对服装设计师坂田敏子的采访内容时，我灵光乍现，有了自己的答案。

坂田女士最初设计服装，只是因为儿子没有合适的衣服穿。儿子长大了，不再需要穿童装，她开始把目光转移回自身，想做一些质朴而又充满灵气的服饰。在她心中，市面上流行什么、其他人热衷什么，与自己无关，"我只是从日常生活中理所当然的事开始做而已，和到手的丝线与布匹面对面、心对心就好"。是啊，"只要做自己喜欢做的，只要做当下能做的，心对心就好"。

我找到服装设计师好朋友邢永，把母亲珍藏多年的西兰卡普拿给他看。当他看到织锦上的凤凰时，眼前一亮说："就它。"我们一拍即合：

以红色的火凤凰为主题,从西兰卡普的传统纹样中抽取元素,来一场"铺天盖地"的视觉盛宴。

为什么是凤凰?楚文化对于凤凰图腾的崇拜,象征着万物有灵。楚地祖先们将心中的瑞鸟织在锦上,祈求庇佑。其中造就的"龙凤呈祥纹""凤穿牡丹纹"等图案,常以对称的形式出现,或头尾相对,或顾盼生辉,灵动而优美,寓意着吉祥如意。

当记忆中母亲在灯下读书、翻史料、画稿的背影又浮现出来,我似乎被拉到自己和西兰卡普相遇的原点。于是在跟邢老师讨论礼服细节之前,我放下手头工作回到家乡,走访传人,寻找内心最深处的声音。

学习西兰卡普织锦

路过　时光

　　探访土家族文化的第一步是读史，研究西兰卡普的源头。我找到长阳地方志研究办的老师，请他给我列了一份长长的书单——足以回溯这本土家族无字书的历史脉络。

　　土家织锦起始于商周，自古以来，它便是达官显贵必备的奢侈品，也是土司土官进献给朝廷的上等贡品，被列为中国五大名锦[3]之一。

　　土家织锦在史书上最早的记录，来自《后汉书·南蛮西南夷列传》。书中记载："秦昭王使白起伐楚……岁令大人输布一匹、小口二丈，是谓賨布[4]。"

3　中国五大名锦分别是蜀锦、云锦、壮锦、宋锦、土锦（西兰卡普）。
4　賨布读音[cóng bù]，指秦汉时期四川、湖南等地的少数民族巴人作为赋税缴纳的布匹。

阅读过程中，我脑海里不时浮现出童年时街头巷尾姨姨、婆婆聚会时的场景，她们身上五光十色的织锦，将我的眼睛塞得满满当当，又美得那么理直气壮。

相较于有明文的正史，我更喜欢土家族关于西兰卡普起源的民间故事——一个感人又传奇的故事。

传说有个土家族姑娘名叫西兰。她心灵手巧，善用各种彩色丝线、棉线织出绚丽多彩的花布。好看到什么程度呢？就连林间的蜜蜂蝴蝶都被她织的花布吸引了。

有一天，西兰问寨子里的百岁老人："爷爷，山里的花我都织遍了，还有什么好看的花吗？"

爷爷说："还有白果花呢！"

西兰问："白果花是什么样的？我怎么从没见过？"

爷爷说："白果花只在每年四五月的半夜开放，而且'寅时开花卯时谢'，你白天怎么能见到呢？"

西兰又惊又喜，立刻跑去寻找白果树，终于在最高的山上找到了。从此以后，西兰每天半夜起床上山，在白果树下站呀、坐呀，目不转睛盯着它看。

终于有一天，半夜刚过，皎洁的月光照在白果树的枝叶上。一阵微风吹过，刹那间，满树开出洁白的花朵。西兰被这转瞬即逝的美惊呆了，她赶紧爬上白果树，看了又看，闻了又闻，爱不释手。

为了绣出白果花，西兰日复一日半夜爬到高高的白果树上，反反复复去看，暗暗记下每一个细节。

不料这件事被又丑又坏的嫂嫂发现了，糊涂的哥哥听信嫂嫂谗言，认为西兰总在半夜出门是为了私会情郎败坏门风，就用板斧砍断了白果树。可怜的西兰从树上摔下来，就这样死去。从此，她的织锦技术被土家族女儿世代相传，取名"西兰卡普"。

也许对真正的手艺人来说，最大的对手不是别人，而是自己。就像美丽的西兰，纵使技艺超群，依然渴望着超越自我，日复一日将手中的织锦"雕琢"到更美。仿佛每一梭都是登顶必经的修行，而这不正是"怕什么真理无穷，进一寸有进一寸的欢喜"吗？

探访土家族文化的第二步，是读人。

我读过了史，在宏大的坐标中锚定了土家织锦的来龙去脉，接下来要去寻求微观的坐标——走访一代代的"西兰姑娘"和她们手

在织机前学习西兰卡普织锦

中的飞梭。

曾经的西兰卡普高手叶玉翠老人，就这样闯入了我的视野。

叶玉翠生于1911年，9岁就随家族中的女性长辈学习织锦。她从小铆足了劲，要学懂所有的土锦花纹，每天从早埋头学到下午，有时一天就能学会12种花样。她聪慧过人，只要有机会就向前辈求教稀有的花纹，对方只教一次，她就能全凭记忆，织出三四丈长的花。

因为需要一边织锦，一边照顾家庭，在那个同龄人早早就成家的年代，叶玉翠直到22岁才出嫁。嫁妆中那些积攒多年的西兰卡普，也凝聚了她整个少女时期对美好生活的憧憬。

彩云易散琉璃脆，叶玉翠一生经历了两次婚姻，又两次成为未亡人。她的大半生，是在困苦与颠沛流离中度过的。与织机携手创作，大概是她难得的幸福时刻。70多岁时，对于130多种纹样无须蓝本，她全凭记忆就能信手拈来，巧夺天工。恰恰是凭借这份匠人的执着，叶玉翠获得了"中国工艺美术大师"的荣誉称号。

如今，叶玉翠已经去世多年，她的传人还在继续织着西兰卡普。一尺一丈，不敢辜负时光。例如出生于湖南湘西龙山县[5]的黎承菊，现为非遗传承人。她15岁拜叶玉翠为师，在古老的裹腰斜织机前飞针走线，几十年如弹指一挥间。

黎老师的工作室里，举目皆是西兰卡普等各式土家特色服饰及手工艺品。2011年，她还创办了土家织锦技艺传习所，言传身教，为大中专毕业生以及城镇下岗职工、农村女青年提供免费培训，并教授织锦。黎老师说："人就像这土家织锦一样要务实，只有踏踏实实地去做好每一个小细节，才能有更好的作品和更好的人生！"

叶玉翠在暮年最深的遗憾不是婚姻或生活的挫折，而是"至今还没有打（学）到'棋盘花'花样"。这又何尝不是那位传说中的"西兰姑娘"一生的夙愿呢？

从母亲到叶玉翠及其传人，这些普通平凡的"西兰姑娘"，呈现出最纯粹的匠人精神——对于美的追求，永无止境。这份美走出了重

---

[5] 龙山县被誉为中国土家织锦之乡。

重山水，进入更广袤的视野中。1989年，时任国务院总理李鹏将土家族"双阳雀织锦袋"作为国礼，赠给来中国访问的美国总统布什夫妇，而这正出自叶老师之手。2020年，"双阳雀花"壁挂出现在世界技能博物馆的最新收藏中，作品便是由黎老师亲手制作。

在人生漫漫长途中，作为土家族"西兰姑娘"的我，始终怀揣着这些祖辈的故事带给我的感动和力量，一路奔跑，一路成长。"因为敬畏，所以虔诚；因为热爱，所以奋不顾身。"

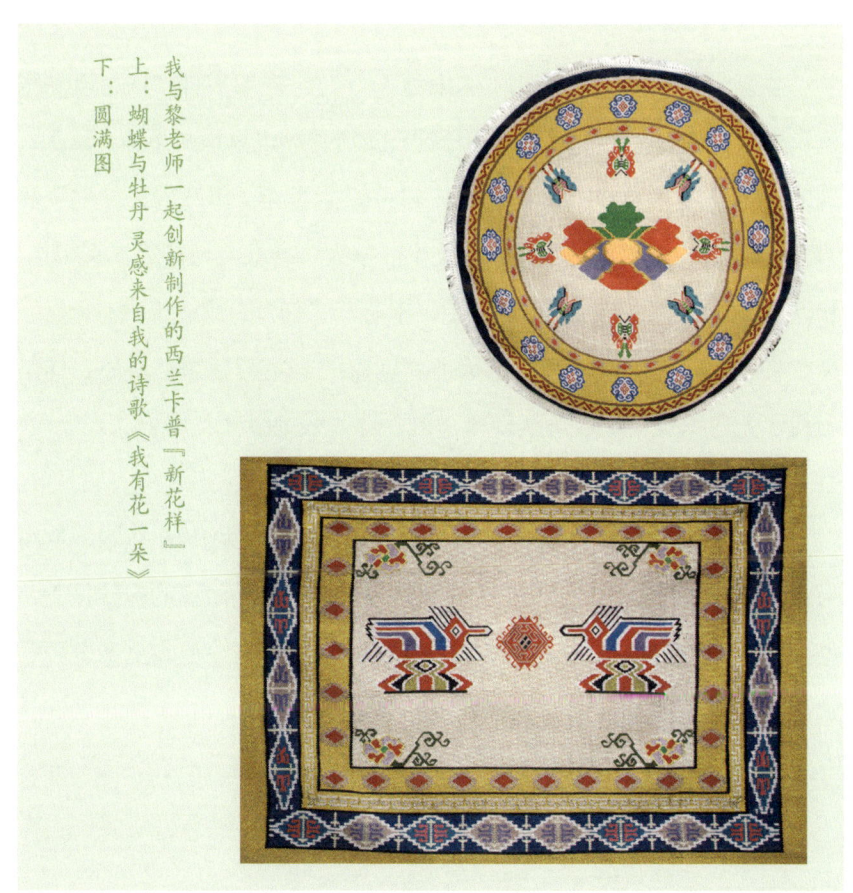

我与黎老师一起创新制作的西兰卡普"新花样"
上：蝴蝶与牡丹 灵感来自我的诗歌《我有花一朵》
下：圆满图

我的浪漫战衣"火凤凰"

回到北京，我和西兰卡普的因缘，以一种最炽热的方式燃烧起来。

我跟邢永老师敲定了礼服的细节。首先，叠加多种技法，以深浅色彩推晕的戗针，配合锁绣的打籽针，以刺绣形成凤凰的主体。其次，辅助纹样是西兰卡普中常见的单八勾、二十四勾：单八勾由"勾"和"菱形"组成，勾纹象征天地，菱纹象征家人，寓意人与自然紧密相连，和谐共生；二十四勾以"勾"为主，中心八"勾"，周边十六"勾"，寓意民族团结、家庭和睦，也象征着国家的安定与繁荣。最后，这些图案要先在织机上织成条状辅料，再一针一线地缝在礼服上。

或许有人会问，花这么长时间、这么多心思去做一件礼服，值得吗？我的回答是，值得。真正的"高定"，不仅仅是做工的极致精美，也在一针一线之内缝入来自文化的底气和自信。这件礼服重峦叠嶂、繁花似锦，代表了土家族织锦工艺的"天花板"，一经一纬凝聚的是中国传统文化之美。

"火凤凰"的设计样手稿与成品

六个月后，这件裙子终于被我穿在身上，我屏住呼吸：

它太美了。金针穿过斑斓的丝线，在红缎上绣出一幅幅画。凝视久了，仿佛能听到凤雏的清鸣和花瓣初绽的微响。

它太重了。绣花、织锦、流苏等细节的精心调配，使得整件礼服精致到每一根丝线，也让它的整体重量超过了30斤。

穿着30斤的礼服，就相当于我带着8个哑铃走红毯……助理看着我的细胳膊细腿，一副忧心忡忡的表情。那时，我骨子里头的"野丫头"形象又跑出来了：看我的！

一连几个礼拜，我在健身房挥汗如雨，直到看到身上几块肌肉"显山露水"，才安心了。

在去戛纳的路上，为了更好地保护礼服上的织绣，我特意多扛了一个箱子，箱子大到必须走安检的特别通道。这身"凤凰的馈赠"迥异于那些主流的红毯礼服，人们会喜欢它吗？能看懂它吗？坐在飞机上，我难免忐忑。

从吊脚楼到戛纳红毯

2017年初夏的戛纳，蔚蓝海岸边人群熙攘。人们坐在露天咖啡馆沐浴着地中海的清澈阳光，看上去轻松惬意，我却很焦虑。

我和助理两个人一路拖拉着沉重的行李箱到了预订的酒店。在走红毯的前一天晚上，我才了解到戛纳已来了几万人，到处都围得水泄不通。由于这家酒店离戛纳主会场比较远，所以如果从这里出发，很可能因堵车而难以准时到达。我们赶紧联系其他酒店，得知电影节前后所有客房早就订出去了。

那天凌晨，几经周折总算换到另一家酒店。我跟助理都不懂法文，街道两边的建筑看起来大同小异，导航也失灵，又担心礼服在箱子里颠簸太久起褶子，我俩轮着扛箱子，在戛纳街头转来转去……步行不过15分钟的路程，折腾了近两个小时。

打开酒店房门，我几乎累瘫在床上，来不及梳洗就陷入睡眠。在梦里，我抱着身上巨大的裙摆，一直在跑啊跑，好像下一秒就要迟到……

这仿佛像个预告。

第二天，我一起床就被告知，约好的化妆师因为转机延误了时间，不能准时到酒店。没办法了，我自己来！

第二个难题是出行。应戛纳官方安排，走红毯的嘉宾不可步行，须乘坐迎宾礼车前往会场。那天人山人海，步行不过10分钟的路，开车花了近一个小时。

车流人流中，我们一寸一寸地往前挪。我看向车窗外，戛纳的街巷很窄，路边除了咖啡馆还有一排排礼服店，或高雅，或华贵，或简洁……都那么"红毯"。

我想到自己前一天在"一带一路"电影周上的发言：

"中国有句古话叫'有缘千里来相会'，很高兴我们在浪漫的法国相会。我来自中国湖北土家族，我叫邓超予。大家都知道中国是一个多民族的国家，每个民族都有自己的特色文化和深厚底蕴，我们土家族更是这样。土家族不仅能歌善舞，而且它拥有着两千多年的悠久历史。作为一个土家族儿女，站在这个世界的舞台来传播中国文化，我感到非常荣幸……"

演讲完毕，我将一条红色的西兰卡普围巾送给朱丽叶·比诺什——她是那一届戛纳电影节评委会主席，也是奥斯卡奖获得者、法国国宝

级影星。近距离看,她的眼角已有细纹,蓝色的瞳孔因惊喜而显得明亮、充盈。她说:"这太美了!"接过去就戴在脖子上。这条围巾与她当天所着的白色套装相得益彰。

"予姐,下车了。"助理提醒我,把我拉回了现实。该我"上台"了!

调整呼吸,整理裙摆,在心里数着节拍……伴随着紧张和期待,我推开车门,长长的红毯在面前铺开。我略仰起头,走入那片灿烂的光。

当我走上红毯,两边的声浪突然大了许多。很多人举起相机或手机,爬上栏杆。伴随着尖叫声、哨声以及相机的咔嚓声,一束束光闪到我的西兰卡普上。

有摄影师在喊:"Slow, slow!(请放慢脚步!)"我稍稍松了口气,顿时感到紧张又欣喜。

当我走上通往会场的长长台阶,转过身我的心顿时变得宁静又安详，不再忐忑。快门声响成一片，灯光闪烁如漫天星辰。他们是真的喜爱这只化身于西兰卡普的"火凤凰"。

我走进观影厅，那些来自世界各地的荧幕巨星打量着我的衣服，用手触摸我身上的水晶流苏，连声说："So beautiful！（太美了！）"大家对"火凤凰"赞不绝口，让作为土家族女儿的我，感到从未有过的骄傲和自豪。顿时，我的眼泪夺眶而出，助理在我们的工作群中写了四个字"我们赢了"，然后紧紧地抱着我。我们一起大哭了起来，是释放，是开心，是惊喜，是感动……

事后得知，我的红毯时刻成为那一届戛纳电影节的最大焦点之一。虽然走这段路程只用了短短几分钟，但官方直播有八个不同角度的特写镜头。《华盛顿邮报》《纽约时报》《今日美国》等海外媒体报道蜂拥而至。"火凤凰"绽放在这些西方媒体报章的头版。今夜，西兰卡普在世界舞台闪耀，让世界看见东方美！

当我终于结束一天的行程回到酒店，又是一个凌晨。华服从沙发散落到地毯上，凤凰的尾羽灿烂如云霞。我把脚掌踩在熟悉的布鞋中，深深吸一口气，闭上眼。这个凌晨不再有患得患失的紧张，不再有拼命奔跑的梦境。在与西兰卡普的温暖相拥中，我接上了自己的"地气"。

如张爱玲所写，衣服是一种言语，随身携带的一种袖珍戏剧[6]。红

6　语出张爱玲散文集《童言无忌》。

毯上的璀璨瞬间，像一台欢乐的大戏。正如我的乡亲们每逢重大节日都会跳摆手舞，喝摔碗酒，唱土家歌谣，昼夜不休。而卸下华服回归生活，才是更真实的日常。

异国他乡，灯火阑珊，我抚摸着"火凤凰"的裙摆，将她揽入怀中。手指间的水晶流苏彼此碰撞，发出悦耳清脆的珠玉声，像在和我一起分享此刻的喜悦。我与她相拥而眠，"谢谢你，我的浪漫战衣！"

路过 时光

一把伞，一双鞋

每当我回到家乡，行走在吊脚楼下，越过叮咚的溪流，看到的是越发安静的小城。幼时记忆里，那些在院子中围坐绣花的姨婆，那些晒着太阳讨论新花样的幺妹儿，那些伴着织机声哼唱的古老歌谣，都已渐渐不见了踪影。

近些年，家乡的道路更宽了，花草更明艳，数字化时代的到来让人们的生活变得更加丰富多彩。而传统土家文化风俗与手艺被一点点抛在身后，被人们淡忘，渐渐成为回响。

以西兰卡普为例，它成为中国首批非物质文化遗产之一，这当然是民族文化传承上的荣光。可是成为"非遗"，难道意味着接下来的日子，它将在老旧档案和博物馆中等待人们的走马观花？

作为生于斯长于斯的土家女儿，我想做点什么，把西兰卡普从历史记忆中重新带回生活中来。就好像当年母亲为我做过的小书包，只有当它成为生活的一部分，只有每天的触摸与温度，才能让往事变得鲜活。

第一章　手艺，一场关于幸福的修行

于是我把家当作"试验品"。我为餐厅定制了一批餐椅，以奶油色洛可可优雅蔓延的花藤做雕花，搭配天蓝撞正红的蝴蝶纹西兰卡普做椅背，创造一种纤细而明快的冲撞。

我亲手参与设计了很多西兰卡普风的日用品：老布鞋、笔记本、丝巾、抱枕、杯垫……每天跟它们在一起，我觉得自己从来没有离开过家乡。

有一次，我和著名设计师亦是我的好友赵丽坤老师，天马行空地讨论房屋装修的事情。当时我正为如何让楼梯的设计推陈出新而发愁，突然脑海里就闪过了"西兰卡普"。于是两人一拍即合：以土家族经典的五彩凤凰为主题，再以回环往复的回形纹织锦工艺装饰扶手，半透明的天然石材作为台阶原料，让它们组成客厅最亮眼的一道风景线。

扶手中这段十几米长的土家织锦，出自黎承菊老师的手笔。考虑到织锦太长，一气呵成不容易，于是我向黎老师提议，将织锦图案分几段织出，再连缀成一体。没想到黎老师拒绝说："不可以，我要让它完美无瑕。"

几个月后，我收到黎老师寄来的织锦。十几米的锦带浑然天成，精致唯美。细密纹路间缠绕的是精美"单八勾"图案。这一刻匠人精神开始具象化。当最终的"凤凰"楼梯完成落地后，我和家人朋友们都被惊艳到屏住呼吸，美到难以名状。之后每位来家里做客的朋友，都要一睹它的风采并与之合影。每当看到他们惊讶而欣喜的神情时，我真心为"西兰卡普"自豪和开心。

有一次回乡正巧赶上老家的雨季，我被困在老街的屋檐下。路边水果店的老板好心借了我一把油纸伞。感动之余，端详这把雨伞——半透明的油纸给远处的山水加了一层滤镜，伞下的光影和雨滴交织在一起，宛如一幅淡淡的水墨画，熨平了我内心的焦虑。

突然回忆起小时候，小城也是被连绵的雨季滋润得山温水软。每

路过 时光

逢我火急火燎地赶去上学，母亲常追在后面把伞塞进我和姐姐的背篓里。姐姐文静，会乖乖背着伞；野小子一样的我，甩着手一溜烟就跑了，总觉得被伞挡住的天空，有点窄，有点闷。

仿佛与伞有着天然的情愫。当记忆和现实对撞在一起，脑海突然就冒出一个念头：不如做一把伞试试看！

但西兰卡普本身是织锦，并不适合作为伞面。兜兜转转，我来到杭州西湖宋志明老师的工作室，宋老师为西湖绸伞的国家级非遗传承人，他与我聊到制作西湖绸伞只能选用杭州本地独有的淡竹和杭州丝绸为原料，其整个生产流程包括十八道重要工序：选竹、伞骨加工、伞骨撇青、贴青、刮胶……每一道工序都有严格的标准，且一根竹一把伞，差一丝都不能冠以"西湖"之名。

这和西兰卡普的织造过程是如此相似：排列整齐的经线与不同的纬线不断交错，断开，变化无穷……制作者唯有全心投入其中，不断锤炼技艺，才能将作品打磨得近乎完美。

几个月后，西湖绸伞与西兰卡普的联名非遗绸伞诞生了。我们以西兰卡普元素为题材，用漫画形式绘制了土家族"状元马""八勾""双阳雀花"等传统经典图案，代表来自故乡的庇护。当江南风韵遇到土家风情，两种非遗文化碰撞之下，迸发出绚烂的火花，让雨季也热烈起来。

让非遗找到非遗，让中国美遇见中国美——这不就是我一直寻找的结合点吗？

由我发起的"予乐童行"非遗传承计划已经开始逐步明朗。让非遗之美走进我们的生活，让这份千年的美丽在我们生活的点点滴滴中呈现，我愿以自己的微薄之力，将西兰卡普的美好散播到生活触手可及之处。

"予乐童行"公益计划如果能实现自我造血和良性发展，那么假如有一天，我们离开了这个世界，但我们的爱与温暖会继续在生活的点滴中、在他人的生命中传递下去。生命的意义不正是

路过　时光

如此吗?

后来我开始思考：还可以做些什么来平衡生活用品的实用性和西兰卡普的独特性呢？

民艺美学家柳宗悦的《用之美》给了我启发，他说："民艺品中含有自然之美，最能反映民众的生存活力，所以工艺品之美属于亲切温润之美……不能不承认，当美发自自然之时，当美与民众交融之时，并且成为生活的一部分时，才是最适合这个时代的人类生活。"

是的，只有当美源于自然，才能让传统活起来。带着这个理念，我参与设计了一款非遗老布鞋。

灵感来自儿时的夏夜，我跟外婆出去散步。她总说："邓二[7]儿呀，接地气，寿命长；光脚丫，长得壮。"我本来就嫌穿鞋太热，听到这话如蒙大赦，马上把鞋甩得老远。儿时的我常常是一放学就光着脚丫，和几个伙伴一起横冲直撞，嬉戏打闹。遇到长辈们问我怎么不穿鞋，我也会拿外婆的话做挡箭牌，"光着脚接地气啊"。

长大后我出于工作原因需要穿高跟鞋，时间长了，脚丫子磨出几层茧子。终于有一天，我理直气壮地"扔"掉了高跟鞋——平时能不穿就不穿。在我心里，想让脚回归最自然的状态，除了光着脚丫子，

---

7 邓二是我的小名，因为我在家里排行第二。

穿布鞋是最好的选择。

于是，我找到了布语堂的朱老师，布鞋制作技艺的非遗传承人。出身于制鞋世家的他，曾说"传了百年的技艺，总不能在我这里丢了"。正是因为内心极强的信念感，朱老师继承祖传的制鞋工艺设计并做了创新——不单纯用棉布填充，而是纳入了如艾草、黄菊、山蜡梅等中草药。将传统工艺融入养生理念，细微处设计感满满，这给了我很多启发。我将西兰卡普融入布鞋面外，有传统如"粑粑架"纹，有日常如"韭菜纹"，顿时沉闷呆板的黑面布鞋鲜活了起来。

我独爱那款素黑棉布鞋面的设计。它朴拙而透气，只在鞋后跟点缀了小图案——取自西兰卡普常用的"万字纹"，在土家语中读作"扎土盖"，寓意太阳与火的结合带来了光明。

每当我穿着高跟鞋去录电视节目，到了休息室的第一件事，就是甩开高跟鞋，把脚伸入布鞋。针扎一样的痛便很快平静下来，身体从脚尖开始舒展。伴随着鞋内草药的芳香，我好像一下子踩到了故乡的土地上，踏实而松弛。

如果说赤脚在小路上奔跑，是孩提时代的率性而为，那么穿上布鞋则是我长大后不动声色地自我坚持。

人们常说要接地气，西兰卡普就是我的"地气"——华服银冠也好，布鞋粗衣也罢，它们就像呼吸一样融入我的生活。每当我触碰到这些

织锦，仿佛看到祖先们用一针一线诉说着大自然的美好，表达对生命的敬畏与礼赞，给予我源源不断的生命力量。

　　一梭一世界，一织一芳华。在一幅幅西兰卡普中，一代又一代的土家西兰姑娘完成了自己人生的修行：像把手浸入明澈的溪流，水花随皓腕而分，带着欢快的叮咚声，奔向生活的春天。而今天，西兰姑娘在继续拥抱、传递这份幸福与美好。

　　只有热爱些什么，才能与世界相爱。

路过　　时光

第二章

巴山清江孕育的民族传奇

土家族民歌《龙船调》中，有一句歌词是："妹娃要过河，是哪个来推我嘛！"民歌里的妹娃是一位土家族幺妹儿，而她想要过的河，就是我们土家族的母亲河——清江。

清江，这条碧波荡漾的河流，从我有记忆开始就一直在那里默默流淌，和四周环绕的巴山和谐相映。顺着清江而下，就是长阳。"八百里清江美如画，三百里画廊在长阳"，山和水将灵性赋予长阳这个古老的地方，也孕育了一个浪漫唯美、勇敢善良的少数民族——土家族。

在这里，当女孩出嫁，要连唱带哭；当亲人离世，要手舞足蹈。在这里，廪君与盐水女神的爱情神话，让人悲喜交加；隔山隔水的一唱一和，更是一朵文化奇葩……这些动人的传说与活着的非遗，为这片神奇的土地笼上了一层神秘又迷人的面纱。

爱即赴死：
盐水女神的爱情史诗

历史是一条河，而每一条河都是一部流动的历史。

在古时，清江又称夷水、盐水。它穿山过峡，奔腾万里，是土家族人的母亲河。传说中，它曾见证盐水女神与廪君的炽热相爱、悲情相杀——成就一段凄美壮烈的爱情神话，也成了土家族的起源传说。

路过 时光

飞蛾扑火的爱

传说中,古代巴国首领廪君带领子民奔走,寻找适合建国的土地。在途经盐水之阳时,与盐水女神相爱。临别前,女神极力挽留爱人。尽管廪君也爱着女神,但他仍然坚持自己的信念:太阳升起,便要启程。

深知爱人去意已决,盐水女神和她的子民便化为飞虫,阻挡住朝阳的光芒——天不亮,心爱的人就不会离去。

被困七天七夜后,廪君送给女神一条青色丝带作为定情信物。化为飞虫的女神,欢喜地将爱人的馈赠佩戴在身上。谁知廪君拿起弓箭,射向那条飘在空中的青丝带……最终廪君率众离去,女神带着满腔爱恨,坠落在长江之侧、盐水之滨,化作两岸的苍苍蒹葭,氤氲着一江柔情。

廪君统一清江后,被尊称为向王,建立了强盛的巴国,也延续了土家族的后代。或许是后来的人们无法接受廪君斩断情丝,令女神香消玉殒的结局,就给这段传说增添了一个大团圆的结局——向王死后身化白虎,蹲在武落钟离山顶,望着盐河方向,在爱恨交织中思念女神。千秋万载,始终如一。

廪君像(位于湖北省长阳土家族自治县)

我曾写下一首诗《盐水女神》[8]，记录这位悲情女子为爱赴死的感人故事。

盐水女神

他在那万人之中发着光，
我听到心陷下去的声音。
"尊贵的君王，远方的朋友，
这里可会是你寻找的家园？"
他摇头的瞬间天旋地转，
这一刻我是世间最平凡的女子。

"当太阳升起星月都隐遁，
请允许我不得不继续前行。"
你看漫天飞虫遮日晦暗如夜，
原谅我这仅存的小小私心。

然而当他的箭刺穿我的身体，
随之堕落的是我永不再升起的心。
天为什么不在这一刻崩塌，
地为什么不在这一刻碎裂。

8　这首诗收录在我的中英文诗集《我有花一朵》中，由中国青年出版社 2024 年 2 月再版。

满怀雄心壮志、不为儿女情长所困的廪君,为了开疆拓土,不得不射杀了心爱的女人。且不论向王天子的行为多么决绝,仅凭盐水女神飞蛾扑火的执着,便能让我们感受到土家族祖先追求爱情的勇敢与忠贞,敢爱亦敢恨。

但,除了相爱相杀,这段爱情有没有另一种可能?

路过 时光

如果爱可以重来

回看盐水女神的爱情悲剧，廪君为了"大爱"，倾其"所爱"；盐水女神倾其所有，为了"所爱"。这或许也代表了自古以来男人和女人对待爱情时"理性"和"感性"的站位。

身为女性，我喜欢站在女性的角度看问题。试想一下，倘若我是盐水女神，又该如何抉择？以毁灭去亲证贞烈的爱情，还是用身心去体验本该属于自己的美好？相爱相杀，还是相互成就？在最冲动的时候按下情绪按钮，做一个冷静又智慧的抉择：爱他，就去成全他！盐水女神的爱情，或许可以翻转成另外一种结局。

廪君的"廪"，是仓廪的意思，代表着粮，"仓廪实而知礼节"；盐水女神名盐阳，代表着盐。作为古时部落生存最为重要的两大资源，"粮"和"盐"如果能组合在一起，势必成为开疆拓土的最强利器。

第二章　巴山清江孕育的民族传奇

如若依靠女神部落的优势，廪君与之强强联合，随后率军西征，建立国家，发展壮大。如此女神与廪君不仅可以收获美满的爱情，更能造就一个强大的巴国……让他走，抑或拼死挽留？一念之间，两败俱伤，即可反转成一心共荣，两全其美。

然而，那惊心动魄的一箭，彻底斩断了情丝。穿越千年，我站在碧波荡漾的清江边沉思：如果盐水女神没有被爱情乱了心绪，既不与日月较劲，也不布下遮天蔽日的飞虫阵，或许廪君无论如何也射不出那一箭……

可惜世上没有"如果"，女神的痴情令人叹惋。峡风如歌，朝夕瞬逝。岁月悠悠，八百里清江流不尽盐水女神的缕缕相思。纵观历史，在后世铁血雄骑的纷纷扰扰中，再难有一场男女之间因爱而起的对决。传说中盐水女神的爱情故事，又显得那样纯粹而美好。在千年后，这份灵魂之爱依然横亘在土家族人的心灵天空。

也许对巴人先祖来说，人性与欲望本就如此深刻且饱满，充满了决绝而疯狂的力量。为爱，可以义无反顾，粉身碎骨；为爱，可以无所畏惧，赴汤蹈火。未来的土家儿女，又会如何评判我们共同的祖先以及他们的爱情神话呢？

隔山隔水喊嗓歌

要问歌师[9]几多歌，
歌儿硬比牛毛多，
唱了三年六个月，
歌师喉咙已唱破，
还只唱了个牛耳朵。

9　歌师，指技艺高超的优秀歌者。

在长阳，当你走在蜿蜒起伏的小道，渡过碧波荡漾的清江，时不时地就会听到土家族原汁原味的"喊嗓"歌。它无须伴奏，悠扬深远，似在云深处，又好像耳畔旁，吸引每个赶路的人驻足聆听。

土家人爱唱歌。有句俗语在土家族流传甚广："不唱山歌喉咙痒，嘴巴一张像河淌。"这里无户不咂酒、无地不起舞、无处不闻歌。就连不少地名，都与歌有关，例如"歌唱坪""发歌岭""锣鼓垴""对舞溪"……

土家人更爱喊歌。云山雾林，峡江滔滔，我记得小时候人们往往通过"喊歌"将声音传得深远。当"喊歌"在层层山峦间震荡回响时，天然的二声部就形成了。此时风声、歌声和着峡谷吹风，鸟鸣啾啾，山林簌簌，溪水潺潺，成了大自然中最富灵气的交响乐。

　　喊歌中有一问一答、一唱一说的形式。在没有手机、通信尚不发达的年代，土家族人常以歌对答，彼此交流、联络感情。土家儿郎与幺妹儿更是用对歌的形式表达爱意。在许多流传至今的土家族民歌中，就有男女对唱形式，比如《龙船调》《六口茶》《黄四姐》等。

声乐启蒙课

　　从小，我便在土家族歌谣的陪伴下成长着，听过、"喊"过无数的歌谣——就像呼吸、吃饭一样，成为我人生中的一部分。

　　我的母亲善织锦，也爱唱歌。她常常用小背篓背着年幼的我，漫步在清江边上，边走边唱。我喜欢从背篓里伸出小脑袋，看水中的倒影——我和母亲一起唱歌的样子，倒映在波光粼粼的江面上，那是一生中最难忘又最美丽的画面。

　　母亲常唱一首《星星歌》：

路过 时光

星星稀，披蓑衣；
星星密，戴斗笠；
披蓑衣，戴斗笠，
勤快些，有饭吃。

歌声温柔婉转，最初是她一个人哼。等到我再大些，我便牵着母亲的衣角，成了她的小尾巴，一句一句跟着哼唱。

傍晚时分，四处炊烟升起，碧绿的清江、金灿灿的菜花、翻飞的粉蝶、暖黄的夕阳，把我们的影子拉得无限长，母亲的歌声和我稚嫩的声音渐渐合一……我的音乐启蒙就从这里开始。

成长中的我，也开始"喊嗓"。

常记得每天清晨上学时，江面总是雾气朦胧。随白雾扑面而来的，是小伙伴扯着嗓子喊"喂，小邓子，你过来了吗？""再不来，我走了！"我们常以这种方式召集起来去上学。而从小就是"孩子王"的我，被选为领队长，我会挥着一面五星红旗走在最前面，引领着大家的步伐和队形。

冬天的清晨又冷又暗。那个年代，手电筒还是稀罕物。作为小队长的我，会在手上拿着全队唯一的一支手电筒，带领着长长的队伍行进。我边走边亮开嗓子喊歌，给大家壮胆儿，小伙伴们也跟着应和。

草线灰蛇,伏脉千里。仿佛是冥冥之中上天的安排,我和唱歌的缘分就是如此深刻。大学毕业后,我从中文系跨界到了声歌系,自此开启了人生的另一条道路。还记得拜师金铁霖先生的第一天,老师听我唱完一首歌后,并没有如预想中的那样讲述唱歌的细节和技巧,而是什么都没有说。这让当时的我感到疑惑和不安:"我这个野孩子金老师会收吗?"带着无比忐忑的心,课后我小心翼翼地问助教老师:"金老师说咋样?"

助教哈哈大笑,回复道:"金老师很高兴,刚刚午饭的时候还说'小邓不错不错,蛮有潜力'。"我听后终于松了口气,年幼时挥着国旗在清晨小路上大声喊歌的场景,一帧帧浮现在脑海。

无郎无姐不成歌

在文学大家汪曾祺的眼中,民间歌谣是艺术创作的"活水"。他在一封书信中写道:"民间文学是值得搞的,有的民间文学的作品美得令人惊奇。"他使用的例子是一首土家族歌谣:"姐的帕子白又白,你给小郎分一截。小郎拿到走夜路,好比天上蛾眉月。"你看,这想象得多么奇妙!

土家歌谣中丰富的想象力,常常跟青年男女大胆追爱的勇气连在一起。

大学时，有一次老师布置作业，让每个同学从《诗经》里挑两首背诵。同寝室有女孩挑的是《诗经·召南·摽有梅》，其中有一句"摽有梅，顷筐塈之！求我庶士，迨其谓之"，她死活也背不下来。

那天熄灯后，大家在宿舍里你一言我一语，帮她编了首打油诗："抛出筐中黄梅果，连筐送你都不算多！哪位小伙看上我，快去说媒别错过。"在一阵哈哈大笑中，她马上就背出来了。

在《摽有梅》中，女主角热切期盼爱情的执着，在土家族歌谣里也有类似。你听听这首《青春去了不再来》，是不是有异曲同工之妙？

姐儿生得像荬菜，

青枝绿叶惹人爱。
买菜哥哥早些买，
莫等花谢起了苔，
青春去了不再来。

歌词以"青菜"比喻少女的青春，开朗热辣地传达情意：你来晚了，我可不等。天下待嫁少女心，古往今来都这么相似。

女孩的心思不用猜，那土家小伙的态度又如何呢？你听：

高山顶上一口洼，
郎半洼来姐半洼，
郎的半洼种豇豆，
姐的半洼种西瓜，
她不缠我我缠她。

歌词借用瓜豆缠藤之"缠"，顺势拉扯到郎姐相缠（相爱）上去，一语双关。这份飘荡在山水之间的热辣直白，是土家族儿女最原生态的甜蜜。

土家族的情歌饱含着土家人简单淳朴的爱情观，将土家族姑娘的洒脱、勇敢和率真体现得淋漓尽致。亲爱的朋友们，不妨像这些幺妹儿一样，大胆、勇敢地去爱自己想爱的一切，不因过往痛苦、当下迷茫、外界的声音，而熄灭了内心萌动的火焰。生命本就是一场体验，而爱情是成长路上最甜美的果实。不要让自己成为一座孤岛,去体验并表达所有的美好吧,努力和喜欢的人和事在一起,路过时光,一心向阳,不负韶华不负人间走一遭。

土家族原生态民歌除了情歌,还有创世歌、劳动歌等,涵盖土家族生活的方方面面。这些民谣不仅流淌在历史的长河里,还顺着土家族人的血脉世代相传。

说到这里,我想起了同样诞生于这片山水之间的《九歌·山鬼》——一首祭祀山鬼的祭歌,生动讲述了一位多情的山鬼等待心上人,但心上人未来的故事,祭歌奇幻瑰丽,充满想象。它的作者是我的地道"老乡"——世界历史文化名人屈原。如今千年过去,当年歌曲的曲调早已失传。而如今,各路音乐人用他们的理解,重新将屈原的《九歌·山鬼》《九歌·云中君》《天问》等作品吟唱起来。

或许在某一段历史长河中,就有一位土家族的小伙和幺妹儿用《九歌·山鬼》这样一首"另类"的情歌,隔着山水互相表达着爱意。

近年来,土家儿女把这份对生活的热爱,从吊脚楼下唱到央视青歌赛[10],从青歌赛唱到维也纳金色大厅。

在2008年的CCTV青歌赛中,来自家乡的"土苗兄妹组合"[11]凭

---

10 青歌赛全称为全国青年歌手电视大奖赛。
11 土苗兄妹组合一共有四位成员:王爱民、王爱华、吴娟、张明霞。

借着高亢嘹亮的嗓音惊艳全场,斩获原生态唱法金奖。次年,土苗兄妹组合表演的民俗歌舞《山乡春来早》登上春晚舞台,让全国人民感受到浓郁的荆风楚韵、土家风情。

多年后,我受邀录制央视大型文旅节目《乐游天下》,节目组来到我的家乡取景。当时,我便邀请了土苗兄妹组合中的王爱华老师客串原生态"喊嗓"环节。

尽管那种伴随着歌谣日出而作、日落而息的生活状态已不复存在,但我们依然可以像祖辈们那样活得热烈饱满、纯粹勇敢,进可以"喊",退可以"安"。有志有为,能中流击水;有歌有茶,亦能闲度春秋。

在家乡录制《乐游天下》剧照

哭得越响，嫁得越好？

土家族流传着一句话：幺妹儿要会哭，不会哭的幺妹儿找不到好情郎，不会哭的幺妹儿不是好媳妇。

这段话乍一听让人疑惑：幺妹儿为什么要会哭？会哭和找到好情郎、成为好媳妇有什么关系？难道土家族也流行着"撒娇女人最好命"吗？

原来，"哭"与土家幺妹儿的婚嫁有关系。

表姐的三次哭

我大学时代的一个暑假，赶上表姐出嫁。正值花样年华的表姐，一边唱着土家族歌谣，一边用绣花的红帕子擦拭着眼泪。薄薄的红色映在她雪白的脸颊上，像雪地里的山茶花。

听说人家嫁女娘,邀呼同伴暗商量。三三五五团团哭,你一场来我一场。

侬今上轿哭声哀,父母深情丢不开。婶嫂齐声低劝道:阿们都从个中来。

养侬长大又赔妆,养女由来也自伤。最是哭声听不得,一声宝宝一声娘。

这就是土家族的非遗风俗——"哭嫁"。

表姐的"哭嫁"在婚礼当天之前,就已经开始了。

第一次哭,是办嫁妆。

娘家人忙里忙外,精心为新娘子准备各种生活用品——从西兰卡普花铺盖到过门认亲用的桌椅板凳[12],样样齐全贴心。这让表姐感激涕零,于是不由自主地哭了。

第二次哭是在出嫁前三天。

哭祖辈、哭父母、哭姐妹、哭自己……哭中有唱,也有即兴的诉说。表姐心思细腻又有才情,经常触景生情,说着唱着,泪水就滚落下来。

---

12 这是土家族特有的风俗。结婚时父亲会送两把椅子给子女,寓意一生安稳。

到了婚礼前一天夜晚，表姐在娘家亲友中选了10位待字闺中的姐妹，也包括我。幺妹儿们穿上土家族传统婚嫁礼服，围着表姐唱起哭嫁歌。我们掂着手帕掩饰着带泪的脸，时而放声哭唱，时而低声泣唱。

集体哭完之后，姐妹们都要起身单独倾诉衷肠，边哭边诉说惜别之情。在那种场面下，不轻易落泪的人都会被感动，我更是哭得稀里哗啦……这也正是哭嫁中的压轴大戏——十姊妹哭。

"今夜姊妹陪伴我，明朝花轿抬过堂。姊妹几时再相会，天高路远望断肠。"

我边哭边偷看表姐。她的脸上梨花带雨，又弥漫着一丝害羞和忧伤。明天，她将踏上人生最重要的旅程，告别亲友，嫁给心上人，与他一同经历人世的酸甜苦辣，共度一生的风风雨雨。她的哭声与歌声里，饱含着对爱与希望的寄托。

"不哭不热闹，不哭不礼貌"

记忆中我第一次看见哭嫁，是来自一位邻居姐姐。

那天她穿着婚服，一边哭一边死死地抓住娘家的大门，怎么也不肯松手。可一旦被人劝说着松了手，迈出娘家的门，又笑了起来。

清江流域首部原生态民俗情景歌舞秀《花咚咚的姐》

路过 时光

　　我感到奇怪，问奶奶："她怎么又哭又笑的？"奶奶笑着说："傻丫头，她越哭，就是越高兴！我们土家女儿啊，是'不哭不发，越哭越发'！"

　　长大后我才知道，土家族讲究"歌丧哭嫁"，这是独一份的文化。

　　哭嫁，是土家族人婚礼的序曲。当亲朋好友前来送别，哭便成了一种礼节。用哭来表达对亲朋好友的惜别，姑娘出嫁，离开生她养她的娘家，从此侍奉公婆，相夫教子，曾熟悉的一切今生难再见。哭嫁也寓意把泪水和悲伤留在娘家，到了婆家后只有幸福和快乐。这比言语表达更为真挚热烈。

清江流域首部原生态民俗情景歌舞秀《花咚咚的姐》

有的新娘在出嫁前一个月或前半个月就开始哭,也有在出嫁前几天才开始哭的。哭的形式也很有趣,或是以歌代哭,或是以哭伴歌,或是现场来一段即兴创作。有的幺妹儿在这样的文化熏陶中,仿佛成了天生的词曲作家和音乐剧表演家。

传统哭嫁中,哭爹娘是重头戏。新娘以哭为歌,诉说对父母的感激与不舍。陪哭过程中,母亲等女性长辈也会通过哭来传达爱与嘱托。比如这段《娘劝女》:

你是娘的宝贝女,最听话来最在行。
不是娘来不留你,自古女大不中留。
到了那边做媳妇,公婆都要爱心头。
自己丈夫要心疼,家庭和谐有盼头。

哭泣,让成长无须静音

当我有了自己的婚姻和家庭,回头再看土家族的哭嫁文化,越发意识到这一沿袭至今的古老传统所蕴含的人生哲理。

据史书记载,在战国时期,赵国有位公主嫁到燕国做王后。她的母亲在女儿临行之际哭着跪在她脚下,请求她尽快回家。后来这个故事被传为"哭嫁"风俗的起源。在出嫁这个人生的特殊节点,"哭嫁"让女儿家不必故作坚强,而能"理直气壮"地吐露真情实感。

同样是和亲，我的另一位"老乡"王昭君的故事更为动人。因为不愿做笼中丝雀，不愿成为深宫怨女，她选择远嫁塞外。我常常想，在两千多年前的那个午后，心中装着家与国的昭君，冒着塞外刺骨的寒风，千里迢迢奔赴荒凉大漠。这位柔弱的女子会是怎样的心情呢？

虽说是自愿嫁给呼韩邪单于，但远离故土和亲人，面对陌生而荒凉的塞外，也会百感交集吧。正如她弹奏的那曲《琵琶怨》："秋木萋萋，其叶萎黄……父兮母兮，进阻且长，呜呼哀哉。"传说这凄婉的琴声和夕阳下昭君的美貌，令大雁忘记挥动翅膀而跌落在沙丘之上。落雁便由此成为王昭君的雅称，这或许便是昭君隆重的"哭嫁"仪式。

时至今日，哭嫁在很多土家族聚居区依然盛行。经过一代代传承，歌词从最早的依依惜别、男耕女织，转变为今日的爱情自由，其中内容随着时代变迁而不断丰富。在土家族，能哭、会哭，呈现了独属于西兰姑娘的最柔软的角落、最纯真的表达、最具深意的仪式。

有人说，成长就是把哭声调成"静音"的过程。也有人说，没有在深夜痛哭过的人，不足以谈人生。

作为一个泪点很低的人，我经常会因为触动人心的小说、电影，甚至只言片语或是一个场景，而潸然泪下。我从来不掩饰哭泣，或许这正是西兰姑娘的共性。眼泪是最直接的表白、最纯粹的情感外露，毫不设防。而当今社会赋予了女性更多的角色与要求。在很多时候，女性选择隐忍与不哭，却令我非常心疼。

来吧，亲爱的朋友，卸下你的盔甲，痛痛快快哭一场吧！忘记昨天所有的苦痛、伤害、背叛、分离、争吵、欺骗、偏见……人总要经历过彻夜的辗转难眠与掩面而泣，才会真正明白那句话的内涵："外面没有别人，只有你自己，一切都是你选择的结果。"你要相信，总有一次哭泣可以为你洗去心头的阴霾，浇铸出全新的自己。明天，太阳照常升起，你，将踏上崭新而又精彩的旅途。

哭泣，是每个人来到世间经历的第一件事。我们从娘胎里出来的那一刻就哭了，这仿佛预示着我们这一生必将经历种种悲欢离合和世间疾苦。哭泣，成了我们每个人都要经历的人生体验，它定会让你的情绪得到释放，让你的灵魂得到洗礼，让你的人生得到升华。

从这个意义而论，哭嫁，让成长无须静音。土家族姑娘们的哭嫁，是一次对昨天的告别、对明天的憧憬，亦是人生路上弥足珍贵的一次盛大洗礼。

路过 时光

生活的乐趣不止"科目三"

2023年底，抖音神曲"科目三"火爆全网。魔性的舞蹈不仅在国内掀起热潮，还在韩国、俄罗斯等国家及地区引发模仿和关注。

这种略带"土味"、节奏简单的舞蹈，如何爆火到这种程度？其实，它的动作源自很多年前大家熟知的社会摇[13]，而社会摇最早是由迪斯科（Disco）舞蹈改编而来。这么看来，"科目三"早就有了广泛的群众基础。

在我的家乡，也有一种全民参与的现象级舞蹈。在我读书那些年，这种舞蹈成为那时的宠儿，各种比赛、演出必有它的身影。甚至有段时间，连学校课间操都改成了这种舞蹈。无论是雾霭朦胧的清晨，还是清风明月的夜晚，男女老少会在广场上、清江边、草坪上、校园里，伴着它那或粗犷或古朴的节拍尽情舞动，场面十分欢快。

它，便是被称为"东方 disco"的土家族非遗舞蹈——巴山舞。

---

[13] 社会摇是一种舞蹈形式，早年盛行于迪厅，因受到广大社会青年追捧而被称为"社会摇"。

葬礼上的欢乐

巴山舞源于土家族的跳丧舞蹈。土家族有一个流传千年的风俗，"以歌舞祭祀亡灵，以哭泣庆贺婚嫁"。"歌"是指人们在丧葬仪式上，随鼓声节奏吟唱的土家调子，而祭祀亡灵的"舞"是指土家族传统舞蹈"撒叶儿嗬"，也被称为跳丧舞，亦是后来巴山舞的前身。

我的大爷爷过世时，我第一次见到了一场隆重且地道的"跳丧"。

在一个皓月当空的晚上，乡邻们抬来一只牛皮大鼓，置于大爷爷的灵柩前，由掌鼓的歌师擂响大鼓。随着"咚咚咚"的鼓点，歌师高声唱出"待师"曲："我打鼓来你出台，黄花引动白花开……"

年长者领头拍着手、跺着脚，长啸而歌。其他人依次上前，踏着节奏绕棺起舞，并与奔丧而来的亲友们歌唱应和"跳丧哎……"，一领众和，边唱边舞。

这一仪式一直持续到下半夜。众人围绕棺木，时跑时走，时唱时和。在丧礼中，大爷爷一生的光辉事迹得到诉说、缅怀和追忆……

后来，我对民族音乐与舞蹈有了更深入的学习与理解。当我重新回想家乡的跳丧舞，才意识到它是多么与众不同：顺边、屈膝、颤步、绕手……舞姿丰富且具有原始的生命力，蓬勃而热烈；丧歌曲目繁多，有"撒尔嗬""叫歌""将军令""正宫调"等数十个曲牌，歌词可唱亡人生平，可唱神话传说。

在土家族人的传统观念里，人的出生值得欢庆。倘若能够过足阳寿，平安度过此生，直至自然死亡，同样值得庆贺。因而，土家族举丧办得越热闹红火，越是体现后人有孝心。"欢欢喜喜办丧事，高高兴兴送亡人"，仪式上不会强调哀戚，人们用歌、舞、乐来表达对生命的敬畏、对逝者的怀念与不舍。

道法自然，遵循生命规律，从大自然中来，又回归大自然；乐知天命，笑对生死。这样类似的生命观，在世界其他民族中也可以找到。

比如，墨西哥作家、诺贝尔文学奖获得者奥克塔维奥·帕斯曾这样描述自己的民族："墨西哥人常把死亡挂在嘴边，他们调侃死亡，与死亡同寝，庆祝死亡。死亡是墨西哥人最钟爱的玩具之一，是墨西哥人永恒的爱。"他还说："死亡其实是生命的回照。如果死得毫无意义，那么，其生必定也是如此。"

土家族的"科目三"

20世纪70年代末,以覃发池[14]老师为代表的文艺工作者,把跳丧舞从葬礼仪式中抽离出来,加以重新提炼,创编出巴山舞。

曾经在我大爷爷的葬礼上,"撒叶儿嗬"的领舞仅限于族中年长且有威望的男性。而巴山舞打破了这一传统禁忌,让过去只能旁观的女性也加入进来。由于老少皆宜的特点,巴山舞一经问世就点燃了老百姓的热情,像一缕春风吹遍大地。

2001年,巴山舞被国家体育总局认定为全民健身舞。在相当长的时间里,全国各地掀起学跳巴山舞的热潮。各种比赛层出不穷,屡获金奖。在互联网还未普及的时代,其热度与"科目三"不相上下。

巴山舞来源于民间,经过改良创新之后又回归民间。它如醉人的苞谷美酒,酿造着土家人的生活热情;它像早春的燕子,飞入千家万户;像七彩的阳光,融进新婚的洞房。为此,我和佟文西[15]老师共同创作了描述巴山舞的歌曲《跳春光》:"把酒祝捷,踏歌起舞跳春光。跳得年年都是春,跳得年年都吉祥!"

---

14 覃发池:湖北长阳土家族人,因创编巴山舞而被称为"巴山舞之父"。
15 佟文西:国家一级编剧、著名词作家,代表作《山路十八弯》《一把菜籽》。

用歌舞礼赞生命

土家族没有自己的文字系统,直到现在土家语主要还是通过口头传播,书面语言主要使用汉字。很长一段时间,人们用歌舞来传播信息、记录历史。随着时代更替、岁月变迁,掌握民族舞蹈文化内核的老一辈渐渐逝去凋零,作为新生代的我们期望让更多年轻人喜欢巴山舞、爱上巴山舞。

机会来了。

2021年,我受中央广播电视总台邀请,在家乡拍摄一期音乐文化专题节目。制片人选了我推荐的两首原创歌曲《土家妹子》《爱在长阳》参与拍摄,并邀请了许多土家族儿女一起跳起巴山舞。

花灯儿翩翩飞
花扇儿紧紧随
摆手舞的土家妹子实在美吔
美得花儿媚
美得月儿坠
美得吊脚楼上把歌对吔

女孩们长裙翻飞环佩叮当,双手摆动;男孩们在头上插了雄赳赳的雉羽,双脚跳跃。女孩的手仿佛在说"我左也不愿意,我右也不愿意",男孩的脚仿佛在回答"那我就等到你愿意"……爱情中的矜持与甜蜜,在这丝竹罗衣舞纷飞中弥散开来。

那一天，我好像回到了多年前的青葱校园。我仍记得操场上的树荫，记得欢快的鼓点，记得刚刚绽放的月季暗香，在鼻端遗留隐隐约约的馥郁。

在家乡录制《乐游天下》剧照

路过 时光

日子在摆手间倏地飞逝,再也没有课间操舞蹈了,但土家族人对生活的热爱并没有退潮。如今,每当朝霞初现或夜幕降临,清江边总有人聚在一起跳巴山舞。人们跟随音乐的节拍欢快地舞动,时而排成一字形,时而排成圆形……浩浩荡荡的队伍,实属壮观。

"跳起欢乐的巴山舞咧,鸳鸯戏水在身旁哎,唱起嘹亮的土家歌呃,幸福生活万年长……"

巴山舞是独属于土家族的"科目三"。它流淌在土家人的血液中,像一堆熊熊的篝火,燃旺了土家人的欢乐与热爱。

舌尖上的土家味道

我常和朋友说笑：世间美好，唯美食与美景不可辜负。我，一个称不上资深"吃货"的美食爱好者，总是能从美文、美酒、美器和美食的激荡中获得心驰神往的体验。倘若回趟老家，那些美好的事物便会让我欢呼雀跃，内心无比满足。

瑞士奶酪、英式下午茶、意大利通心粉这些美食固然好，都不及我心中家乡的味道。想到家乡，清江河畔，吊脚楼飘出的青烟，土砖灶台溢出的香气，还有外婆亲手酿的苞谷酒、懒豆腐、炕洋芋、萝卜糕……——浮现于脑海。

外婆家的土砖灶

在童年嬉戏玩闹的野娃娃中，我是最疯最大胆的，成天上树下河，捉鱼摸虾。唯一能让我回家的，就是外婆的一声吆喝：吃饭喽！

路过 时光

我爱吃肉，外婆家灶台上最美味的就是粉蒸肉。

粉蒸肉也叫格子蒸肉、抬格子，是土家族美食中的一道"硬菜"。烹饪用的竹蒸笼，像宝塔一样层层叠起，置于锅里，一摆就是十几格。旺火一蒸，扑鼻的香味随着腾腾的热气散发出来。吃上一口，其中味道香辣适口，醇和厚道，鲜而不腻，嫩而不腥。

除了"抬格子"，还有极具生活气息的"炕洋芋""肉糕"。

小炉火嘟嘟烧着，火上一口平底锅，摆满小洋芋。外婆熟练地倒上熟菜油，嗞嗞声慢慢响起。再盖上锅盖，细细焖烧。直到所有的洋芋都两面金黄，再撒上葱花，香气扑鼻。

金黄软糯的炕洋芋，是用肉末与粗粮组合而成的"糕点"，它促进了多巴胺分泌，带着源自乡野的泥土芬芳，成就了我心中的人间至味。每次我都会在外婆一声声"别烫着"中大快朵颐。

苞谷饭也是我的最爱。苞谷饭又称"蓑衣饭""金包银",黄白相间,晶莹剔透。土家人常说"面饭懒豆腐,草鞋家机布"。他们认为这样的人生最为幸福,其中面饭便指的是苞谷饭。

吃完饭,还得来一碗"懒豆腐"。

懒豆腐的"懒",绝非"懒惰"的意思。之所以叫"懒豆腐",是因为它的原材料和豆腐一样都需要黄豆。然而,"懒豆腐"的制作却比做豆腐容易得多,于是土家人便戏称为"懒豆腐"。

懒豆腐的制作非常简单:

把黄豆泡在水里,经过3~4个小时泡涨后,用豆浆机打成沫。在我的家乡,人们会用石磨来磨豆浆,称为"推合渣"。

接下来,锅里放入适量的水,将磨好的豆浆连水带渣一起放到锅里煮。豆浆煮开后,把切好的青菜碎末放进去,然后"煮两开"(沸腾两次),就制成了一锅乳白带绿的懒豆腐。

如果觉得味道太淡,可以加一点点盐。我平时吃这道菜,不加盐

也不加油，就非常鲜美。为了让它看起来更美，有时候我会在碗里撒上一些新鲜的或晒干的玫瑰花瓣。

做懒豆腐的时候，除了放青菜叶子，也可以放南瓜叶子。南瓜叶子上有很多小茸毛，可用手搓掉，之后切碎，再跟磨好的豆浆一起煮，这样做出来的嫩豆腐会更好吃。

到了夏天，吃上一碗懒豆腐，既解渴又消暑。还可以放置几天，让它变酸，又称为"酸合渣"。到了寒冬腊月，在酸合渣中放入土辣椒、油、盐、大蒜等调料，架在柴火中猛煮，比之麻辣豆腐、臭豆腐，又是一番风味。

醉在外婆的酒香里

谈酒之前,先分享一首我写给外婆的诗《醉红楼》:

对酒当歌,自古快意恩仇
人在江湖,恨此身非己有
翩翩起舞,邀来嫦娥伴奏
江山多娇,更爱美人温柔

今夕何夕,明月几时能有
爱上层楼,多少新愁旧愁
青梅煮酒,数尽千古风流
醉了芍药,醉了梦中红楼

今朝有酒,能不一醉方休
来日方长,唯有杜康解忧
风平浪静,世界来去自由
不羡神仙,只羡鸳鸯同游

难得糊涂,何不随波逐流
人生如梦,不妨半推半就
海阔天空,天地任我遨游
举杯浇愁,今夜不醉不休

有朋友问，这首诗里有鸳鸯，有美酒，有红楼，是不是在谈论《红楼梦》？我虽然爱读曹雪芹，但诗中记录的并非作家笔下的警幻仙境，而是童年记忆中那散发淡淡酒香的红楼，也就是外婆家的吊脚楼。

土家人的吊脚楼大都依山势而建，高悬于地面，既通风干燥，还能躲避毒虫蛇鼠。外婆家的吊脚楼就建在水边，不似寻常房屋的朴拙。爱美的外婆把小楼的外观刷成出挑的红色，配上小青瓦、花格窗、木栏扶手。隔水望过去，这座精心打造的吊脚楼，宛如绽放在清江上的一朵红牡丹。

土家人好客，凡客至家，必以酒相待；婚丧喜庆，必以酒设宴。每年九十月，外婆会跟其他女眷一同把高粱浸泡蒸煮，再撒入酒曲，密封贮藏在吊脚楼上的大酒瓮里。到了第二年五六月，酒就酿好了。外婆会把酿好的酒分装在小罐中，埋到土里，这样储藏的酒香醇可口。

当客人来到家中，外婆会用铲子取出土里的酒。而在喝之前，她会往罐子里倒入滚烫的白开水，然后在罐口插上一根竹筒用作吸管，谓之咂酒。一罐酒喝掉一部分，再续上白开水，反复多次冲泡，直到咂酒没有味道。

每次咂酒时，外婆总会顺手给我的嘴巴上抹一点酒液，留下扑鼻香气。如今在酒宴上，有朋友常戏称我为"不倒翁"。我确实不知醉倒的感觉，想来都是因为小时候在外婆家受到的"熏陶"。

第二章　巴山清江孕育的民族传奇

　　土家族有一首民谣："辣椒当盐，合渣过年，一条裤子穿它几十年……"大道至简，俭以养德，一茶一饭，皆生欢喜。依山傍水的土家人以淳朴极简的心，将朴素的食材赋予自然的灵动。而其中独属于土家族人的烟火气息，在鄂西这片土地上悠扬飘散，也浸润了我的记忆。

　　苏轼在《浣溪沙》中说："人间有味是清欢。"生活中有了美食，就如同荷叶之上有了莲花、山峰之间有了青藤、翠柳之中有了黄鹂，是一种妙不可言的相依相伴。在我氤氲、温暖的记忆中，不只有抚慰人心的食物，还有绵绵细密的爱意与深情。

　　最是年少情独至，我愿一生醉在外婆的酒香里。

第三章

最炫"民歌"风

当语言无法表达内心深处的情感时，歌便诞生了。那些发源于乡野的民间创造，是民歌最初的样子，也囊括了千百年来独属于人民群众的喜怒与哀乐、悲欢与离合。

中国最早的歌是什么呢？大学时期，我曾在图书馆中看到这样的介绍："中国最早的歌是尧帝时代的《击壤歌》：'日出而作，日入而息，凿井而饮，耕田而食，帝力何有于我哉？'相传是一老者用土块击打拍子，即兴创作。"其中一句"帝力何有于我哉？"令人仿佛穿越文字，目睹劳动者优哉游哉的劳作画面，也难怪老者会感叹帝王生活的索然无味。

另有一说，中国最早的歌来自《吕氏春秋》。其中讲述了三皇五帝时期，禹娶了涂山氏之女，但还没来得及与她举行婚礼，就到南方巡视水情去了。涂山氏之女便让侍女在涂山南面等禹回家，自己作了一首歌，只有四个字："侯人兮猗"，简单来说便是"等你"。这或许是最早的情歌，其中的情深意浓与今人无异。后世"乐而不淫，哀而不伤"的情歌，多源于此。

歌声表达着人们的情感，记录着祖先们的生活方式。其中朗朗上口、情感丰富的，便被记录、传唱开来，再慢慢地成为文字流传后世，影响着无数的歌曲创作、改编。直至春秋战国时，诸多歌曲集合成册，便有了《诗经》这样一本没有乐谱的诗歌集。其中《风》，就是来自群众创作的民歌一类。

历史的长河里，民族声乐以一种独特的方式延续至今，天然去雕饰的民歌是民众的集体创造，用以呈现和歌颂不同民族的历史与生活方式：土家族的对答，演绎了纯朴的爱情与生活的美好；维吾尔族的木卡姆，演绎了丝绸之路的文化共荣；内蒙古的长调，描摹了逐水草而居的游牧生活；陕北信天游的歌腔一响，辽阔粗犷的黄土高原仿佛近在眼前……

民族声乐犹如一颗璀璨的明珠，闪耀在中华民族的历史长河中，经久不衰，绚丽多姿，一代又一代的人，爱恋它、拥抱它、传播它、创新它。

路过 时光

歌声里的乡愁

常有人问我，民歌到底唱些什么？

或许著名音乐学家田青教授的那句话，是再合适不过的解释："民歌是我们的爷爷奶奶唱过的歌，里面有我们祖先的喜怒哀乐，有我们的民族、地域、家乡的历史和生活，有我们不尽的乡愁。"

田教授在《中国人的音乐》一书里分享了一个小故事。

> 内蒙古民歌《金色圣山》是一首悠远深情的长调，歌中所唱的"圣山"是位于蒙古国乌兰巴托东侧的肯特山。
>
> 据说铁木真年幼时为了躲避敌人，曾独自藏身于此，其间备尝艰苦，尤其思念母亲。之后的日子里，铁木真多次得到此山护佑，他后来成为圣主成吉思汗之后，这座山就被称为"金色圣山"。而《金色圣山》这首民歌正是通过歌唱圣山，表达亲人之间绵绵不断的思念。
>
> 蒙古族歌手阿拉坦其其格从小听母亲唱这首歌。20世纪40年代，她的姥姥去现在的蒙古国探亲，不料探亲期间蒙古国独立，

> 她再也无法回到内蒙古,从此一家人天各一方,阿拉坦其其格的母亲只好用这首歌表达对自己母亲的怀念。
>
> 1993 年,阿拉坦其其格到蒙古国首都乌兰巴托参加国际蒙古族长调歌曲比赛,获得了金奖,她演唱的《金色圣山》随即通过广播电台传遍整个蒙古国。没想到分别半个多世纪,已经 84 岁的姥姥听到这首歌后立刻认定演唱者就是自己的亲人。一家人终于得以团聚。两个月之后,老人安详地走了,陪伴她的就是这首《金色圣山》。

多年音信隔绝,蒙古族歌手阿拉坦其其格的姥姥凭借一首蒙古长调,找到了失散多年的亲人。三代人的歌声成就了这场重逢,这正是民歌穿越时空的魅力。它犹如一股清泉,流淌在一个民族的血液里,更像亲人般让我们魂牵梦萦。

这份感情让我深深共鸣——土家族民歌,也正是我成长生活的重要部分。

我在邻里长辈的歌声里长大,从歌声中体味生活百般:逢年过节划龙船时,要唱《龙船调》;青年们谈情说爱时,唱的是《六口茶》《黄四姐》;平时在家里,我的母亲会唱《花荷包》。

不管何时何地,只要听到有人唱起《龙船调》《六口茶》,我就像接收到来自家乡的"接头暗号"那般,在惊喜之余倍感温暖。

路过 时光

民歌从我们日常生活中长出来，蕴藏着一个民族的记忆和情感。《茉莉花》《小河淌水》《浏阳河》《花儿为什么这样红》《康定情歌》《掀起你的盖头来》等耳熟能详的旋律，经过不断改编、二创，推陈出新，让生活在这片土地上的炎黄子孙情不自禁地跟着哼唱，让万里之外的游子瞬间回忆起故乡的点滴。

民歌，是我心目中的最炫民族风。

经典永流传

很多民歌的原作者早已无从考证,但依旧被传唱至今。而歌词中蕴含的情感和故事,也穿越岁月的风沙感动今人,为我们上演着"经典永流传"。

曾看到一位在匈牙利留学的中国学生在外国同学面前演唱《越人歌》。这首来自春秋时期楚国的情歌里有一句,"山有木兮木有枝,心悦君兮君不知。"一曲唱罢,外国小姐姐专门找到他说"almost crying, tears in my eyes(几乎要哭了,泪水在眼眶中打转)"。我想,对爱情的真诚向往,不会因为时空错位,地域相隔而有所不同。这也是为什么《越人歌》可以隔着千年让今人感动,可以跨越山海让外国友人泪目。如今这首歌已成为众多音乐类院校升学的考试曲目,也一度随着冯小刚的电影《夜宴》为更多人所熟知和喜爱。

如果说《越人歌》是一份浪漫唯美的爱,那《敕勒歌》便是一腔热血澎湃的思乡。这首传唱于北朝时期的乐府民歌,是英雄涕泪的高欢在玉壁兵败后的落幕曲。人总会在失意时,想念起故乡的长风绿意,指挥千军万马的英雄亦如此。"天苍苍,野茫茫,风吹草低见牛羊",

路过 时光

那一夜重整军心的宴会，重病的高欢在众人的合唱中大概会想起自己生命最初的起点——怀朔镇，那片牛羊遍地的草原还在等着他凯旋。千年过后，《敕勒歌》被人们演绎、二创。歌曲中的塞外草原也似乎生生不息，寄托着所有游子的思念。

在众多源远流长的民歌中，我最喜爱的是那首起源于明代的江苏民歌《茉莉花》。它源自南京六合地区传唱百年的《鲜花调》，后经由军旅作曲家何仿汇编整理，有了如今脍炙人口的经典名曲。在中国具有极高知名度的《茉莉花》，在世界范围内广为传唱，成为国际社会中一张闪亮的东方名片。

1924年，意大利著名作曲家普契尼将《茉莉花》的旋律作为主题音调，写进经典歌剧《图兰朵》。20世纪80年代，联合国教科文组织确定其为亚太地区的音乐教材，面向世界范围推广。自此，《茉莉花》香飘世界。1998年，导演张艺谋将歌剧《图兰朵》搬到了北京太庙，再次掀起《茉莉花》传唱的高潮。

2008年，北京迎奥运文艺晚会和颁奖的背景音乐使用了这首歌。2024年，我在即将完成本书书稿时，看到纽约举办的中央广播电视总台"春晚序曲"活动，其中纽约市儿童合唱团用中英双语分别演唱了《茉莉花》。台下一张张中国面孔，无不洋溢着激动之情。看完后我感慨良久：是啊！即使远隔重洋，但熟悉的歌声依旧是人们彼此连接的不朽纽带。

路过 时光

就在我修改这本书的同时，看到新闻说著名钢琴家郎朗在中法两国元首的欢迎国宴上，于巴黎爱丽舍宫奏响了这首《茉莉花》。从1924年的意大利到2024年的巴黎，百年时光天翻地覆，《茉莉花》见证了我们这个民族太多的苦难故事和伟大的复兴之路。歌声里的我不禁思绪万千，感慨不已。

从古代到当下，民歌以其真挚的情感、优美的旋律跨越文化鸿沟，在世界各地产生共鸣。这份超越国界的感染力，正是民歌的独特魅力。写到这里，我的内心涌现出对中华大地上那些孜孜不倦、不懈创作的先辈的敬意。是他们，让民歌这份瑰宝变得更加五彩斑斓，丰富迷人。正如作曲家鲍元恺所说："要论民间音乐的丰富性，在全世界没有第二家能与中国相媲美。"身为华夏儿女，我常为拥有这样的经典，为能演绎这样的经典而心生欢喜、情难自已。

音乐手艺人

我人生中有两位重要的音乐引路人：我的母亲及金铁霖先生。

小时候，我常常在小背篓里听母亲唱歌，伴随着母亲的歌声进入梦乡。小背篓便是我的婴儿车，也是母亲的"小轿车"。

我能完整唱下来的第一首歌是儿歌《故事会》："小弟弟小妹妹，大家来开故事会，你讲金训华，我讲董存瑞……永远前进不掉队。"每每哼起这首歌，我的脑海中总会定格这样一幅画面，晚饭后的家里，电灯就像如今舞台上的聚光灯，把人的影子打在墙上。母亲边唱边舞，我对着墙上的影子摇头晃脑，摆各种姿势；爸爸和姐姐则充当我们的观众，边看边跟着哼。家里仿佛成了一个小剧场，这个美好温暖的画面让我记忆犹新。后来，我带着这首歌登上了校园歌曲大赛的舞台，那是6岁的我第一次上台表演，也是第一次因唱歌获一等奖，这让我终生难忘。对舞台的向往与上瘾，便从这一刻开始萌芽。

我7岁那年，家里有了彩色电视机。除夕夜里，我们围坐在一起看春晚。我看到一位盘着漂亮的头发、穿着长礼服的小姐姐美美地站

路过 时光

在舞台上唱歌：

红烛摇摇摇 摇来好消息
亲情乡情甜醉了中华儿女
一声声祝福
送给你万事如意

"红烛摇摇摇，摇来好消息"，也摇出了我心中的念想与波澜。"小邓子，你也可以闪亮地活着！"

怀揣着这个梦想，我在大学期间用三年时间修完了中文系学分，离开华师来到了北京，来到了中国民族声乐的最高学府——中国音乐学院，拜师金铁霖先生。

老师常跟我说："师傅领进门，修行在个人。""悟性"对于我们这一行非常重要。我不是科班出身，跟着助教老师上基础课的同时，也在金老师面前演唱。经常是一首歌唱完，手心全是汗。

刚开始我压力很大，常常是越唱越紧张。太关注声音、气息，而忘了咬字、共鸣，顾此失彼。

直到后来，在一次青花瓷制作的观摩中找到了破除"迷障"的灵感。

当时，我在景德镇一个制瓷作坊里，看到工匠们制作青花瓷的过程：从运石淘洗、淘泥制坯，再到刻花施釉、烧窑彩绘……整整有七十二道工艺。我突然意识到，唱歌跟制瓷何其相似！一个完美作品的出炉，需要雕琢细节，也要观照整体，"音乐手艺人"这个词在我脑中闪现。

回到北京，我开始打磨歌唱的"七十二道工艺"：把一首歌切分成音准、节奏、咬字、情感表达等部分，每个部分单独拿出来训练。等到我对各个工序掌握娴熟，再合成一个整体加以练习。从每个音符到每个段落，再到一首完整的歌曲，以一个手艺匠人的态度来打磨作品。一天又一天，一年又一年，凭借着这样的"工匠精神"，我慢慢领悟了老师的七字真言"声、情、字、味、表、养、象"。

后来我有机会走上央视舞台，唱的第一首歌是《土家妹子》。

我很珍惜这次机会。记得录制时，我早早化好妆等候上台，终于叫到"邓超予"三个字时，我既兴奋又紧张。当回过神，我发现自己一个人孤零零地站在偌大的舞台中央，四处静悄悄的，唯有一束昏暗的灯光打在我的身上。我开始呼吸急促，四处张望，疑惑着眼神要放在哪里呢？我的手应该放在哪里呢？不到两分钟，导演喊停，严肃地说："这条不行，你没看摄像头啊，重来。"原来在舞台上录像，最重要的是找到摄像机的位置，对着摄像机的红点。

后来我的舞台经验越来越丰富，从小型活动到国家级重要庆典活动再到春晚。而这一切大概都要源于最初与制瓷"七十二道工艺"的

相遇，也正是这一相遇让我对歌唱有了全新的认知。

在一次央视节目中，歌唱家亦是我的前辈阎维文老师结合自己一路的音乐历程，谈及唱歌的四种境界：

第一种境界是普通人高兴了、难过了，用歌声传情达意、表达情绪。只要是会说话的人，都会唱歌。这是大家都可以有的体验。

第二种境界是将唱歌当作谋生的工具，用以提高生活的物质基础。

第三种境界是把它当作事业，用一生来经营它，职业歌唱家正属此列。

第四种境界是把唱歌融入血液里，变成歌唱艺术，用生命来歌唱，用一生来实现自己的艺术追求。这种境界下的人是灵魂歌者，是用声音来画画、作诗的艺术大师，是真正的大家。

对此，我深以为然。把歌唱融进生命中，融进基因里，很多艺术大家终生都在"磨剑"，这让我心生敬畏，也让我时刻被影响，我也始终处在"磨剑"的过程中。很多人讨论成功，也渴望成功。我曾细细想来，所谓成功，是个非常玄妙的东西。当你费尽心思追逐它时，往往都是一场空。世上本无成功，成功的奥义就是把功练成，而时间自会奖励那些一心纯粹做事的人。

我很喜欢《刻意练习：如何从新手到大师》这本书。作者安德斯·艾利克森通过研究不同领域杰出人物的成功过程发现，没有所谓"天赋"或"天才""捷径"一说，一切都是刻意练习的结果。在漫长而艰苦的过程中，杰出人物通过年复一年地刻意练习，一步步改进，终于练就了杰出的能力，而这一过程往往是旁观者意识不到的。我们眼中的天才横空出世，实际上是由日积月累的努力所造就。这就是"不积跬步，无以至千里；不积小流，无以成江海"的真实写照。

以音乐神童莫扎特为例。他的年少成名，离不开身为宫廷乐师的父亲从小对他的刻意训练。莫扎特自幼便可以准确辨别各种乐器的音高，在旁人看来似乎是天赋异禀。2014年，一位心理学家为大众进行了"祛魅"。他选择了24名年龄在2～6岁的孩子，对他们进行特殊的音高训练。经过一年多的刻意练习后，几乎每个孩子都达到了莫扎特童年时期的音高识别水平。

我想，与其用"天才"形容一些音乐人，不如说他们是"音乐手艺人"。他们所做的不过是像手艺人一样，不知疲倦地练习自己、打磨自己，直到有一天一鸣惊人，名留青史。

民族声乐和西兰卡普同为中华优秀传统文化，一个是我热爱神往的，一个是生我、养我的根。我常常思考，人为什么活着？稻盛和夫曾说生命的意义，总结一句话就是让自己的灵魂走的时候比来的时候更高尚。或许，唯有做更多的事，更多地沉淀和积累，更多地给予和成就他人，更多地去爱、去奉献，我们的灵魂才会得到净化和升华。

"好好"说话

我有一位咨询师朋友，她每天需要进行大量的沟通交流，时间一长，嗓子处于疲惫状态，反复沙哑。这一难题困扰其多年。一天她打电话问我："超予，有什么方法能让嗓子不哑？"

其实，很多吃"开口饭"的朋友，如主持人、教师、记者、主播等，都面临着同样的问题。今天，我为看到此书的朋友分享一些心得。

嗓子哑最重要的原因，是我们在说话或唱歌的过程中过度使用喉部肌肉的力量，而失去了气息的支撑和腔体的共鸣，将说话的重担都留给了嗓子，长此以往造成了声带的炎症。

因此，我们需要做的是改变发声的方式：把声音与气息送到后咽壁上，强大后咽壁力量，让声音贴着上口盖出来。这样既能让声音有共鸣空间，而且不会压喉，造成嗓子的重担。

那么后咽壁在哪儿呢？其实就是你的小舌头后面的位置。你可以试着先吸一口气，张开嘴巴大声读"好""航"，仔细感受这个字发声的方向，便是后咽壁的位置。

为了让声音更圆润好听，你可以尝试咬一支铅笔说话。练习两分钟后，再拿掉铅笔说话，你会立马感受到变化。咬铅笔的过程，就是打开口腔，让声音拥有更多的共鸣，从而让其变得更加悦耳又富有弹性。

再说气息。我们常说"气为声之本，气乃音之帅"，即人的声音是由气息带动的。我们可以通过小声说话和高声吟诵的方式，感受气息是如何带动声音的。你可以从中发现，高声说话时丹田的力量收得更紧，小声说话则没有十分明显。

练习气息的办法有很多种，比如"狗喘气""闻花香""吹纸条"等。除此之外，还有一个适合在日常生活里练习的小方法——将手机放在桌上不太远的地方，想象把手机吹走，短促高频或是匀速持续地吹，你可以感受腹部变化；还可以单独发出"fu"或"si"，三短一长，这样简单的练习什么时候都可以做，比如你走路或坐车的时候。

除此之外，我们在生活中还可以适当放慢语速，以保持"微笑"的状态说话，声音不会压喉挤喉，同时也可以放松声带。当你说话累了或者嗓子沙哑时，将嘴巴尽力张大，像打哈欠一样，再用舌头的前端去舔一下嘴唇，由此产生的唾液分泌物可以滋润声带，缓解炎症。经常使用这个方法，甚至可以治愈你的咽炎。

需要注意的是，喉部的肌肉是比较脆弱的。冬天寒风刺骨，需要给脖子戴上围巾；夏天吃了辣椒或者很烫的食物后，不要立即吃凉西瓜或喝冰啤酒，一冷一热的刺激对嗓子的伤害也是很大的。另外，长期的熬夜生活，歇斯底里的争吵，这些都十分伤害嗓子。

长期以来，很多人认为"嗓子伤了不可逆"，其实这并非绝对。正确的发声方式，充足的睡眠，不刺激的饮食，适当健身、跑步出汗，保持愉悦的心情及平和的心态，甚至适时的止语、噤声，都可以让受伤的声带恢复正常。

学会"好好"说话，不仅能让你的嗓子在长时间使用后不会嘶哑发炎，并且会让你的嗓子不因年龄衰老而老化，永远呈现年轻态。

最后，分享一些词语你可以在平时通过大声朗诵，来练习提升咽壁力量：豪—横—、澎—湃—、朋—友—、航—程—、硬—邦—邦—、花—好—月—圆—、星—辰—大—海—、杨—柳—依—依—、高—高—兴—兴—。

路过 时光

歌唱的金字塔构造

在民族声乐领域深耕的这些年，我将学过的专业知识和自身实践相结合，体悟了一些歌唱心得，我把它称为"歌唱的金字塔构造"。

埃及金字塔的塔形结构，底部最宽，顶部最窄，从下往上，每一层的石块逐渐收缩形成锥形，直至最高处的尖顶。这样的金字塔，以一种极其稳定的结构承载着自身的重力，也抵御着外部环境，例如地震和大风。

我们在歌唱时的状态如同金字塔一般，需要稳健有力的"身体底盘"，即强大的核心肌肉群[16]，外加腿部肌肉及脚跟的力量。有了核心力量，才能带动气息。有了强大的气息支撑，我们的高音才会轻松自如，犹如拉弓射箭一样：当你把弓拉得越满，箭就射得越远。

我们唱歌的状态，就如同是在用气息写字、作画。气息越稳定，写字作画就会越漂亮、越出彩。当你的金字塔底端——身体底盘越有

---

16 腹部前后环绕着身躯，负责维护脊椎稳定的重要肌肉群，主要包括腹直肌、腹斜肌、下背肌和竖脊肌。

力量，歌唱就会越舒展自如。有一个词叫"头重脚轻"，那么在歌唱中则是反过来的——"头轻脚重"。用底盘的力量来托住气息，用共鸣与咬字来营造轻盈感、空灵感，天籁之音就是这样来的。

先秦思想家老子说："大音希声，大象无形。"好听的声音宛如

天上飘下来，穿透你的灵魂，但我们不知道它具体从哪儿来。好听的声音源于气息在"画画"。气息是一个无形的状态，我们看不见、摸不着，只能心领神会，世间万物的"有"都始于"无"。

世界三大著名男高音之一帕瓦罗蒂曾说："谁懂得气息的奥秘，谁就懂得唱歌。"造物主把我们的身体造成了一个天然的音箱。如果我们解码了身体的奥秘，也就学会了唱歌。

一个专业的歌手一定懂得如何通过气息和共鸣，打造属于自己的歌唱风格。歌唱气息所需要的核心力量，集中在身体金字塔的底端；歌唱共鸣需要的腔体，则集中在塔的顶端。

我们的身体有口鼻腔、头咽腔、胸腔等各种腔体。打开我们的身体音箱，选择不同的腔体，会产生不同的共鸣，也由此形成了流行、民族、美声等不同的声音色彩与演唱风格。为什么人在洗漱间、地下车库或是山谷间高歌会显得声音立体浑厚，是因为在一定空间内形成了共鸣。

民族声乐和美声的高位置共鸣大多以鼻腔、头胸腔共鸣完成，流行音乐则更灵活。声音偏明亮的歌手，可能会用到更多的鼻腔和头腔；声音浑厚的歌手，用到的更多是胸腔。不同的共鸣腔体形成了多姿多彩且辨识度高的声音，例如崔健的摇滚乐，多用喉腔共鸣；有着黄梅戏背景的邓丽君，整个声音位置比较高，头腔鼻腔共鸣较多，于是就有甜美轻柔的音色；毛阿敏的声音非常结实，她会用到更多的咽腔共鸣；有着空灵之声的王菲，多运用舌尖咬字外加鼻腔共鸣，因此那英曾评价说"王菲唱歌都不动嘴的"。

那么，如何夯实我们的"金字塔地基"，让我们的歌唱"画作"更艺术、更完美呢？

极限腹式呼吸能够训练核心肌肉群，跑步游泳锻炼肺活量，提壶铃、平板支撑等诸多方式，都可以把我们的"身体地基"打得十分牢固。

提壶铃练习可以很好地练习气息。这个方法由美国茱莉亚音乐学院归来的老师传授给我，并让我受益终身。谭维维、李健等都有过相关的练习。具体而言，其方法就是将两只 10 磅左右的壶铃提在左右手中，一边吐"si"，一边上下移动壶铃。

对于有着柔弱娇小身板的我来说，平板支撑实属困难。每天晚上睡觉前，我会在床上尝试做一组，慢慢从 30 秒过渡到 1 分钟，再过渡到 5 分钟、15 分钟……还有长时间的扎马步训练，会让我们的身体形成"铜墙铁壁"。

一位好的歌唱艺术家一定是身心皆强大的。不仅是拥有好的身体素质，还要有好的心理素质能面对各种场合和挑战；最好还是一个文学家，拥有良好的文学素养，对歌词立意及历史背景有着深刻的理解，尤其是艺术歌曲和歌剧选段；还需要懂舞蹈与形体、礼仪，站在万人面前，一颦一笑、一蹙眉、一抬手都是艺术的表达；同时，最好还会弹琴，以增强基本功；拥有"同理心"，充分了解词曲作家为什么这样创作，应该以一个什么样的状态进行歌唱，当然这是歌唱的升级阶段了。

我将歌唱事业看作是一个音乐手艺人打磨作品的过程。回看我生活中喜爱的一切，似乎都体现着匠人精神。无论是西兰卡普、精美的瓷器，还是音乐艺术、写作等，每一样都是用心用情、精雕细琢的过程。如果说，有一样东西是传承千年而经久不衰的，我会毫不犹豫地说是工匠精神。唯有生生不息的工匠精神，才是真正的贵族精神！

我们常说，十年磨一剑，厚积而薄发。很多民族声乐人从中学、大学到硕博士研究生，再到舞台，整个历程又岂止是一个十年，或两个十年呢？"一万小时定律"[17]用在他们身上再合适不过。他们在漫长的时光中燃烧生命去打磨作品，追求最完美的艺术。如今，我也怀揣着一颗敬畏虔诚之心，在时光中热爱，在热爱中坚持，在坚持中精进，在精进中绽放。这何尝不是生命的全部意义？

17　一万小时定律是由马尔科姆·格拉德威尔在《异类》一书中提出的。这个定律告诉我们，在任何领域成为专家或世界级大师大约需要一万小时的持续练习。

《六口茶》被玩坏了

一天下午，我正在家里打理我的小花园，突然收到初中同学转发的一条短视频。视频里一对夫妻打扮的男女，坐在客厅里开唱：

女：老公你喝茶呀，问你一句话啊！你的那个私房钱，到底藏在哪儿？

男：喝茶就喝茶，别让我害怕，这月工资还没发，哪还有钱哪！

这段富有旋律的对白，不正是我演唱的那首《六口茶》吗？这歌词也改得太"接地气"了吧！我正在乐呵中，同学又发来好几个链接，竟然是不同版本的《六口茶》。

有《打工版》：

男：喝你一口茶，问你一句话啊！你的老公噻，在家不在家？

女：喝茶就喝茶，哪来这多话？我的那个老公噻，出去打工了！

有《七年之痒版》：

女：结婚第一年呀，天天说情话，天上的星星呀，都为我摘下。
男：那时你才十八呀，就像一朵花，为了把你追到手，用尽了才华。

我赶紧点开自己的短视频账号。这是真的吗？有如此多的版本都@了邓超予《新编六口茶》。

高手在民间呐！网友们这种新奇的改版，让我捧腹大笑之余，也刷新了我对民族声乐的认知。

出圈背后的流量密码

《六口茶》本是湖北恩施的一首经典民歌，表现了青年男女追逐爱情的场景。我从小就听过这首歌。

2020年我跟黄训国[18]老师合作，受邀在央视《民歌中国》的舞台演绎这首土家族民歌。

---

18 黄训国老师现为中国音乐学院声歌系教授，是青歌赛、文华奖、金钟奖三料金奖得主。

在这首歌里，茶是传情达意的重要道具。

请人喝茶、歇脚是土家人的待客之道，借此寒暄几句也是人之常情。有趣的是，在喝茶过程中，小伙儿开始打探幺妹儿的家庭情况。

为什么是"六口茶"，而不是"四口"或者"七口"呢？很多人会问我这个问题，这是因为过去土家族人口比较多，而爸爸妈妈、哥哥姐姐、弟弟妹妹组成的六口之家又特别典型。醉翁之意不在"茶"，土家小伙儿喝六口茶，顺便就把姑娘的家庭成员都问到了。

简单易记的旋律，循环的歌词，欲言又止的情绪，一问一答的画面感……这些元素让歌曲从内容到形式都很"接地气"。令我没想到的是，《六口茶》如此受网友们的喜欢。他们改编的各种创意，也让我佩服和赞叹：大家都太会玩了！

从大学生到公司白领，从恋人到夫妻，人们争相改编《六口茶》。他们在歌词与表演中加入了自己对生活的感悟。而被网友"魔改"之后的歌唱视频，成为年轻人表达自我、释放情绪的一个出口。这样的演绎，不局限于描绘男女爱情，更多的是展现人们的日常生活场景。其中的情感，如同水面上的涟漪层层扩散开来，引发更广泛的共鸣。

从人民中来，又回到人民中去，民族声乐的生命力与无限魅力就在此。顿时，我的脑海中涌现出五个熟悉的大字"人民艺术家"——这应该是每位文学艺术工作者终身都在攀登的峰顶。

再后来，我的《六口茶》被改编成各种版本，累计传播量过亿。

其实，无论是近些年在网络上爆火的"洗脑神曲"，还是被传唱至今、历久弥新的经典民歌，都有相似的特点。比如那首脍炙人口的《康定情歌》：

跑马溜溜的山上，一朵溜溜的云哟
端端溜溜的照在，康定溜溜的城哟
月亮弯弯，康定溜溜的城哟

李家溜溜的大姐，人才溜溜的好
张家溜溜的大哥，看上溜溜的她哟
月亮弯弯，看上溜溜的她哟

《康定情歌》的旋律只有三句，悠扬回环；感情时而热烈，时而委婉；加上"溜溜的""月亮弯弯"等重复出现的衬词，让整首民歌散发出浓郁的地方特色。多听几遍，旋律与歌词便在脑海中挥之不去。

如果说《六口茶》激发了普罗大众"二创"的热情，那么更早之前"国家队"系列演唱视频的走红，则说明随着短视频时代的到来，传统民歌的魅力已被越来越多的年轻人所发掘。

在年轻人非常喜爱的B站平台上，常有这样一类音乐视频"霸占"热门榜，例如"国家队歌手的神仙演唱合集""千万不要让国家队翻唱网红歌曲，一开口就是降维打击"。"国家队歌手"是 B 站音乐区网友的发明，专指那些专业能力强、唱功出色，而且大多有国家院团或学院背景的歌手——其演唱实力在网友心目中可以代表中国歌唱家的最高水平。

民族声乐是"国家队"的重要组成部分。在这类热门视频中，经常能看到阎维文、雷佳、吴碧霞等艺术大家将作品演绎得炉火纯青。他们的视频走红，说明年轻人也喜欢民歌。用年轻人喜闻乐见的方式，对民族声乐进行二度创作，让民族声乐与戏腔、国风、说唱结合，未来一定会有更多这样的新形式、新风格涌现出来。

民歌里的"民心"

关于唱歌，再说几个我生活中的"小美好"。

我曾为家乡创作了一首城市形象歌曲《爱在长阳》。节目播出的那段时间，爸爸每天都会特地走到很远的人民广场旁买包子。因为在那块户外大屏幕上，有他的"二丫头"。

而卖包子的大妈并不知情："哇，原来是你女儿，我天天看！"爸爸笑得合不拢嘴，使劲地点头。大妈一高兴说："老邓养了个这么优秀的女儿，真为你高兴，这个月包子我请你吃！"

有一次我回宜昌，傍晚去江边散步，不远处有很多人在跳广场舞。离得近了，播放机里传来的竟然是《土家妹子》。大伯大妈们踏着节拍，随着歌声跳舞。那一刻，我感到特别自豪，悄悄加入了跳舞的队伍……

有一年春节，我去澳大利亚参加华人春晚。那天，我在晚会上身穿西兰卡普元素的礼服，唱起湖北经典民歌《龙船调》："正月是新年，妹娃子去拜年，金哪银儿梭银哪银儿梭，阳雀叫……"舞台上看不清观众的表情，一曲终了，只听到台下如潮水般的掌声。

演出结束后，澳大利亚上议院院长、杰出华人代表何沈慧霞女士给了我一个大大的拥抱，还把我介绍给她的朋友们，说这是来自中国的民族声乐歌唱家，这是来自她故土的骄傲。

在第二天的答谢宴上，何沈慧霞女士和我坐在一起，与我聊起来。她说她很想念家乡，每年都会回中国参加炎黄子孙寻根谒祖活动，每次在海外听到中国民歌，仿佛乡音在旁，倍加思念祖国。她还邀请我去悉尼歌剧院举办音乐会，让更多人听到中国的民歌，感受这项艺术的魅力。

与何沈慧霞女士在晚会现场

身着土家族蓝印花布印染技艺的非遗服装在米兰时装周

　　2017 年，我演唱了一首歌曲《家》。这首歌原本是中宣部推出的关注留守儿童、空巢老人的公益歌曲。临近春节，我在北京打车，刚上车，就听到收音机里传来熟悉的旋律，"幸福的家，是游子的终点。温馨的家，有着美好的眷恋。一想到家，总是归心似箭……"

　　司机循环播放着这首歌，边开车边跟着哼唱。昏黄的光线里，我通过后视镜瞥见他用手抹去眼角的泪花。他不好意思地笑着说，自己来到北京开车后，已经整整三年没有回老家了。大年三十听到这首歌，很想家。那一刻我有些伤感，为每个离家奔波的人，也为曾经一路跌跌撞撞打拼的自己。从某种意义上来说，我们都是同一类人：想家的人。这一段经历让我更加坚信，要做更多更好听的音乐，让歌声走入更多人的内心，平抚更多人的情绪，慰藉那些孤寂漂泊的灵魂。

　　很喜欢田青教授说的：快乐的"乐"和音乐的"乐"是同一个字。是啊，家在，国在，快乐就在，歌声永远都在！

路 过 时 光

第
四
章

把日子过成诗

"你还喜欢这么传统的东西啊?"

一位旅居海外多年、刚回国的朋友来家中做客。我们在一起喝下午茶。阳光透过天窗淡淡洒在桌上,清茶袅袅,气氛恰好。

她看到茶杯下面是一块老西兰卡普改制的杯垫,故有此问。

我明白她的意思:我们喝茶用的是一套西洋茶具,配上土家族的一块"土布",乍一看完全不是一个审美体系。

但其实,这套维多利亚风格的茶具,在白瓷内外绘制了娇粉的牡丹花,春意盎然;而垫在下面的这块西兰卡普,图案是土家族爱用的"蜂子牡丹纹",二者看似南辕北辙,其实珠联璧合。

我喜欢"这么传统的东西"。我生于斯,长于斯,看着它们成了我生活的一部分,时间越长,我越觉得它们身上有一种细腻妥帖的美好,带着时光的痕迹。

前几年流行一句话,"把时间浪费在美好的事物上"。在这些美好的事物上,我愿意"浪费时间"。

不如,就从手里的这盏茶说起吧。

第四章　把日子过成诗

一杯茶里的禅意

第一次爱上茶，是因为《红楼梦》。

那年春节前下了一场雪。我正好读到《红楼梦》第四十一回《栊翠庵茶品梅花雪》，其中写到妙玉邀宝玉、宝姐姐、林妹妹吃茶。其间林妹妹不知妙玉煮的什么水，问："这也是旧年的雨水？"

113

路过 时光

妙玉冷笑道："你这么个人，竟是大俗人，连水也尝不出来。这是五年前我在玄墓蟠香寺住着，收的梅花上的雪，共得了那鬼脸青的花瓮一瓮，总舍不得吃，埋在地下，今年夏天才开了。我只吃过一回，这是第二回了……"

一向小性子且伶牙俐齿的林妹妹被撑了，居然没有反唇相讥，"吃完茶，便约着宝钗走了出来"。我猜妙玉用梅花上的雪沏出的茶，口味一定上好，所以林妹妹才会心悦诚服吧。

于是我也学着妙玉在大冬天漫天飞雪中，盘一个好看的发髻，披上红色戴帽的斗篷，翻出家里最好看的一只青瓷罐子去采集"梅花瓣上的雪"。好不容易装满了一罐子，却发现这么多的雪，也就煮出一小杯沏茶用的水。用它来沏茶，味道虽没有想象中的那么新奇，但无比清香甘甜。而沏茶的整个过程，也让我惬意无比，从此我喜欢上了喝茶。

家中我参与设计的土家族一片银锻造的茶壶和公道杯

第四章 把日子过成诗

我爱茶，不只爱听跟茶有关的人和事，还喜欢享受喝茶的悠闲舒适，体验那种从容安定的仪式感。

就算每天再忙，我仍会坚持早起在书房给自己沏一壶茶。煮水、洗杯、投茶、冲泡、倒茶、品茶、饮茶，对于沏茶的每一道工序，我都会小心翼翼，心平气和。闻着淡淡茶香在空气中弥散，小口啜饮，微苦回甘，从头到脚就又有了能量，这一整天又在欢喜中度过。

115

沏茶的过程虽然繁复,但正是"禅意"的体现。

我的助理跟着我多年,后来因为备孕回家了。有一天她来看我,我们一边喝茶一边从茶聊到了禅。她问,禅是不是人们常说的打坐、冥想?

我想了想说,打坐、冥想可以帮助你体验禅意,但不是非得如此。在生活的方方面面,你都可以感受到禅。比如喜欢跳舞的你,在跳舞时是不是觉得放空了自己,与自我生命有了更深入的连接?她说是的,每当她沉浸在音乐与舞蹈动作里,就感到自由舒展,甚至忘记了外界。

与茶艺有关的生活片段

我说："那一刻，你就在禅的状态里。"

活在当下，不论过往，不畏将来。在时间的间隙中，在全然的当下状态中，感受内心的流淌，感受生命的美好。此刻你的心田开出花朵，你连接了真正的自己，你与你自己平和愉悦地相融，这就是禅。除了冥想，一个人读书、练字、唱歌、跑步、画画、写作等，在享受独处中与真实的自我对照，并进入心流状态，都是通往"禅"的路径。

比如说喝茶就是我的"参禅时刻"。

经过洗茶、倒茶、品茶一系列环节，我静静地享受忙碌生活中的片刻闲暇，体会茶带给我的安宁祥和。此时，诸多烦恼被抛之脑后，我的世界里只有我自己。

文人墨客以茶会友，平民百姓以茶解乏。茶，亦俗亦雅，有容乃大。

器：天青色与软画风

苏轼《试院煎茶》一诗中，我尤为喜欢"贵从活火发新泉""定州花瓷琢红玉"。为了煮好一壶茶，苏轼使用了新鲜泉水，以及来自宋朝定窑的茶盏。作为文人眼中的一种风雅，喝茶离不开同样风雅的茶具。

我爱喝茶，更爱搜集各种样式的茶杯，包括陶杯、瓷杯、紫砂杯、铜镏金杯、白银杯等。在各种材质的茶杯中，我最喜欢的便是瓷制茶杯。有人说，人到了一定年纪便会"血脉觉醒"，喜欢国粹京剧、古风汉服、拍花照云，更有甚者会喜欢上归隐山林、煮茶钓鱼。而在我身上，显露出的是中国瓷器的"觉醒"。

我常在天朗气清的午后或月色如水的夜晚，手捧一盏天青色的茶杯，端详其纹理，享受独处的时光。一抹天青色，让我的思绪飞到900多年前宋徽宗梦见"雨过天青云破处"的那个夜晚。夜醒来，他的那句"这般颜色做将来"便成就了中国群瓷之首汝窑的诞生。汝瓷那似玉非玉的温润、碧波翠色的明亮，让所有人都不得不赞叹古人的审美风尚和技艺智慧。

第四章 把日子过成诗

由KPM生产的库尔兰系列瓷杯

最近一次让我十分惊叹的是，在国家博物馆的德化白瓷展上。陈列着一件名为"神话"的"玉漱公主"摆件，其发丝根根分明，薄如蝉翼的裙摆让我一度以为是纱。没想到是作者历经半年钻研，全由瓷土烧制，成就了这细腻冠绝的工艺——引得围观人群纷纷赞美拍照。也难怪当年法国人会称德化白瓷为"中国白"。

瓷器最早起源于中国，但在历史进程中，瓷器文化也传播到了世界各地，西洋瓷器融合了东西方审美，使东方大国的制瓷工艺再次焕发新生机，其中我最喜欢的是德国的KPM、梅森，法国的塞弗尔。作为法国皇家的官窑，塞弗尔的瓷器制造历史可追溯至17世纪，直至2023年9月，英国国王查尔三世首次访法，凡尔赛宫举行的国宴依旧选用了塞弗尔瓷器厂的餐具，足见瓷器在欧洲人眼中的神圣性。

去各地出差、出国时，对瓷有着"偏执"喜好的我，总是要抽空探寻当地的买手店、跳蚤市场、制瓷厂，希望可以捡捡漏，淘到心仪的"宝贝"。

119

有一年，在法国的某个露天市集上，我偶遇了一只精美的镏金杯。瓷杯身为手绘郁金香花，颜色浓烈，造型奔放，周身透露着不加掩饰的来自异域的美。这一瓷杯，让习惯了中式瓷器写意内敛的我眼前一亮。这不由得就让人联想到维多利亚时代的伯爵夫人。她们在午后花园里与友人们品尝下午茶，畅聊宫廷趣闻。这时，摊主介绍说这个杯子出自英国古老的科尔波特瓷器厂，由英国皇室流出，后辗转至德国、法国等地，最后才到了他手上。

这杯子让有着独特收藏爱好的我爱不释手，之后跟懂行的朋友聊起，我这才知道那位意大利摊主所言不虚。这只古董茶杯俗称"珠宝杯"，是英国科尔波特瓷器厂（Coalport Porcelain Factory）在百年前生产出品的。该瓷厂于1795年创立，曾应维多利亚女王的委托，为俄罗斯沙皇尼古拉斯一世制作一套精美的瓷器餐具，并自此声名大噪。

不知道茶杯的前一任主人是谁，为何它会从英伦渡海，先途经德国、法国，最后被摆上市集？历史不是优雅的下午茶，生活中也没有不败的郁金香。它们带着时光的印痕，身负荣耀与伤痛。这大概也正是旧物最吸引我的地方吧。

因为爱瓷，我结识了德国收藏家Sabet。当时年近耄耋的他，决心将一生收藏散于有缘人。其收藏大部分为德国名瓷KPM（柏林皇家瓷厂）的Weichmalerei（软瓷画）风格瓷器——这种犹如油画般风格质地的瓷器，有着独一无二的气质，与世界各地博物馆的收藏都有所不同。19世纪中后期，KPM诞生了最热门的系列Rocaille（洛可可）系列，

第四章 把日子过成诗

该系列独特的釉上彩及繁复的浮雕，兼具了工艺和美感。而软画风恰恰见证了 KPM 的发展，以及欧洲名瓷历史上那个创新爆发的新艺术时期演变。除珍贵的洛可可系列外，该瓷厂精美绝伦的珐琅彩系列在 1850—1920 年间的总生产数量也就仅有 300 件。

Sabet 赠予我的签名书与部分瓷器

121

不同于中国的硬瓷，软瓷在烧制的材料上有所不同，1200℃的适宜温度低于硬瓷。其表面因更具颗粒度，就更便于上色和绘画创作。随着时代变迁，工艺烦琐，如今软画风的瓷器已经变得越来越稀有，KPM 甚至一度停烧软画风。也因此，每年各大博物馆的展览中，都会向 Sabet 去借珍品展览。

面对有限的生命，Sabet 一直希望自己的藏品能有一个好的归宿——不为金钱，只为真正热爱它的人。当初他与我交流时，曾问道："你为什么爱瓷，你爱它的什么？"我说是工匠精神，是那种可以跨越中西方的美。有一天，他在给我打电话中说："It's yours.（这是你的。）"这应该是我目前收藏小爱好中，最特别的一段经历了。

从商周匠人利用高岭土烧制出早期青瓷的那一刻起，我们便开始感受到造物有灵且美。而人在生命之外，在瓷上描摹出千年生活雅意，并流传至今，涵盖中外。每一只杯子都深藏一段美丽离奇的历史故事，每一只杯子都体现着卓越超凡的工匠精神，每一只杯子上都描绘着对生活的体悟与热爱。这仿佛与西兰卡普、民族声乐如出一辙——一切都是手艺人的范畴，一切都是工匠精神再现，一切都是千年历史中沉淀出的精粹。喝一口茶，看一盏杯，感受茶与器带给我们的那份美意与禅意，便是嘈杂岁月中最静好的时刻，路过时光，不慌不忙。我，爱极了这样的生活。

从历史中走来的闺中密友

今天谈论诗词,是不是一件奢侈的事?

当流行文化充斥日常,当数字屏幕上的键盘输入,逐渐取代纸上书写的旧日时光,当效率、便捷成为首选,诗词所蕴含的"简约""凝重""缓慢",慢慢地从主流生活中退场。

但于我而言,我用写诗的方式梳理内心的纷杂,跟真正的自己对话。诗词歌赋伴随着我一路成长,成为我生命中不可或缺的一部分,奔涌在我的生命长河里。

我的秘密花园

我喜欢读诗。

中学时期,班上流行看现代诗。十五六岁的花季少女,人人以拥

路过　时光

有一本席慕蓉或顾城的诗集为荣，争相传阅。我也不例外。

那时候，语文老师刚刚从师范学校毕业，身上有一种遗世独立的气质，常给我们读他的诗和散文。他的浪漫才情与风度翩翩，吸引了几乎所有的学生，我们甚至开始模仿他，包括说话与穿衣。后来我也开始尝试着写诗，将写好的诗夹在作文本里。老师很认真地拿着诗问我："为什么隔一行要空一个字？"我红着脸说是从书上看到的。他歪着头，扶了一下木框眼镜，不置可否地笑……

进入大学，经常看到三五成群的人一路行来，用大声朗诵诗歌的

方式表达爱和自由。之后我加入各种文艺协会，编辑校刊，举办诗歌大赛，还一头扎进图书馆，与李清照、纳兰容若、李煜、柳永、约翰·弥尔顿、白朗宁夫人等诗人为侣为友。我沉浸在他们用文字构造的瑰丽世界中，流连忘返。大学时期我与武汉大学的几位文学青年，创办和公开发行了大学校园里第一份以大学生为主要服务对象的报纸——《大学生周刊》。其间，我担任总编，每周都有读诗时间，这便让我大展身手。后来出版的中英文诗集，收录了几十首我在那一时期的创作。

诗词歌赋是我的秘密花园，钻进去就能度过心灵的四季。诗词就像一只鸟，飞过所有的边界，带我穿越到远古及未来，去见识比头顶更辽阔的天空、比头脑更高维的智慧。

历史中的"密友"

唐诗宋词中，我最爱李清照。

她是女子，我通过她的词去经历她所经历的，时而静默，时而惆怅，时而激愤。

她真实。李清照不是那种仰头讲章的先生。虽然她出身名门，自幼饱读诗书，可仍然是个活泼的少女。她贪玩、好酒，全不似个大家闺秀。"常记溪亭日暮，沉醉不知归路。兴尽晚回舟，误入藕花深处。"这不就是人们常说的"不端不装"吗？我喜欢她的真实。

后来读到李清照热爱宋代的打马吊游戏，甚至有人说她是中国麻将的创始人，她的形象越发在我心中鲜活了起来。她有血有肉，有情趣，有爱好，不像书中的"大人物"，而像生活中的女朋友——如此活泼而俏皮，睿智又感性，谁不希望和她常来常往？

李清照是南宋婉约派词人的杰出代表。在我看来，身为女子。婉约是她的才情，而比婉约更难能可贵的，是她的"骨气"。

李清照最有名的一首诗，大概就是感怀一代枭雄项羽的《夏日绝句》："生当作人杰，死亦为鬼雄。至今思项羽，不肯过江东。"这首诗作于南宋靖康之难时期，当时国家经受战乱与惨败，而她的丈夫赵明诚也在战争期间弃城逃跑。

李清照欣赏丈夫的学识，但对其弃城逃跑的行为也直言不讳，用慷慨雄健的文辞，表达对丈夫的失望之情。我年幼时第一次读到这首诗，备受鼓舞，还把"生当作人杰，死亦为鬼雄"一句，直接用毛笔大大地写到卧室的墙壁上，立志长大后要成就一番伟业。

我爱她的通透。面对国家战乱和丈夫赵明诚的病逝，已过中年的李清照在孤独彷徨之中得到张汝舟的呵护。她不在乎张汝舟只是一名小官吏，选择再嫁。渴望回归平静生活的李清照并没有想到，张汝舟其实只是贪图其收藏的金石书画……强逼之下未能得逞,张汝舟开始家暴。

不似古代大多数女子的忍气吞声,完全不在意张汝舟的反对,李清照毅然决然选择离婚。

宋代法律规定,妻不能告夫,否则要遭受两年牢狱之灾——即使妻子有正当的理由,也是如此。李清照宁肯身陷囹圄,也要离开这个男人。她如同那"不肯过江东"的项羽,多么勇敢又坚强!

出身名门的李清照,前半生可称得上是爱情事业双丰收;而后半生,颠沛流离却不苟且,敢于争取自己的幸福。即使与今天的新时代女性相比,她也毫不逊色,又美又飒。

心中有诗意,处处皆清欢。心中有诗,再多苦难都是小插曲;心中有诗,我们就会收获生活中的各种"小美好"。愿我们都如李清照一样,敢爱亦敢恨,有勇气去寻找属于自己人生的诗与远方。

花香蝶自来

我爱这些或惆怅或激昂的故事,我爱每一个与诗相伴的日子。于是有一天,我开始在雪白的纸上颤颤巍巍地写下或长或短的句子,以匿名的方式投出去,然后在漫长的等待中,日复一日地坚持。

第一次看着自己的文字变成铅字,心里的小花顿时开满山坡,举着书稿又跳又唱。带着一股初生牛犊的劲儿,我继续往《星星》《散文诗》等大型刊物投稿,还参加了各种诗歌大赛。零星也有发表的、获奖的,对此我成就感满满。

再后来,我走上了音乐道路,一如当初写诗那般跌跌撞撞,山重水复。写诗的经历,增添了我对音乐的理解与感悟,尤其是对艺术歌曲及古诗词作品。音乐和诗歌仿佛是两只蝴蝶在我心灵的世界里飞舞,二者相辅相成,融为一体,融入我的血液中……

我开始尝试写歌词和按谱填词。我从自己的作品入手,一路研究琢磨。再后来,我红着脸到著名词作家老师们面前"班门弄斧",清清嗓门大胆地问,这里改改会不会更好?老师们眼睛一亮,竖起大拇指,顿时我心中的太阳高高升起。

诗集作品出版后,我赠送给中国音协副主席戚建波老师。他读完诗集后,非常激动地给我打电话说:"小邓,你的诗很棒,很走心,也很触动我,我挑了两首,给你谱曲,回赠给你!"这让我激动不已,其中一首诗《我有花一朵》，我在央视直播类节目《音乐公开课》中演唱过，另一首《爱在长阳》，曾被用在央视大型音乐文旅节目。

我有花一朵，雨来花即开

花开香满园，花香蝶自来

我有云一朵，风来云即开

风停云且住，倒映在湖海

等雨雨不来，等花花不开

人来人往里，我等你不来

风怎还不来，云怎还不开

你来或不来，我一直都在

创作于大学时代的《我有花一朵》，是我最喜欢的一首诗。每个人心中都有一朵花，愿你我心中的花，一直盛开。

2013年，作家出版社出版了我的诗集《予香袅袅》，何其有幸，这本诗集及同名音乐专辑被收录到世界经典文学艺术系列名录，我因此还获得了中国新诗百年影响力人物奖。

如今回看自己写诗的历程，我不承想这些抒发自我情绪的文字，也有分享给大家的一天。从等待花开到花香满屋，曾经那个懵懂青涩的女孩伴随着磕磕绊绊，一路成长。幸好有诗！那些青春的悸动、甜蜜的忧伤被记录下来，封存在记忆中，跃然在纸页上。

伟大的民谣歌手、2016年诺贝尔文学奖得主鲍勃·迪伦曾说："我首先是诗人,其次是个音乐人。我活得像个诗人,我也会死得像个诗人。"

反观自身,我是个音乐人,或许很难成为真正的诗人,但我也会活得像个诗人。诗给我温暖,给我力量。我会一直写下去,因为诗就是我的远方。

在都市中修一颗山林心

近 10 年来，我除去工作就是对大自然的各种造访。这是一条直抵人心的养生之道，简单、高效、原生态。如果身心有恙，在森林里住一段时间，状态可以迅速得到改善。自然疗愈的方式，让我们的身体得到"一键修复"。

起初，我在森林里徒步会感到疲劳、头痛或脚痛。很快，我从中获得了意外之喜：口苦消失，唾液变得甜丝丝的，脸也开始红润有光泽。这些变化无疑要归功于山林间无处不在的负氧离子。更重要的是，本已滞涩匮乏的创作灵感，如打开一扇门那般倾泻而出——虽未倚马可待，却源源不断。心静了，感官之门就敞开了。

现在想想，似乎和最近流行的"公园20分钟效应"有着相似的道理，人可以通过晒太阳、抱古树，静静地待在山林里清理生活的缓存，重新给自己充电，而山林里，永远会有惊喜等着你。

初春，漫山遍野的杜鹃花，摇曳多姿；夏天，在夜色里飞舞的萤火虫，宛若星辰；秋天，漫山的枫叶黄了，风一吹，嗖嗖飘落肩上、头上，仿佛与大自然对话，冬天可以在漫天的大雪中窗前观景，饮一杯热茶，享受万籁俱寂，或是重回童年，去雪地里堆起雪人。

在空旷的山顶上，我会趴在山石上，露出背晒太阳，我称之为"光灸"。回归自然，从空调房里带来的各种湿寒，顷刻间一消而散，这样的状态令我感到身心富足。

在大自然里喊一嗓子，声音在山谷里回荡，会自动地增喜减哀。大自然像母亲一样，有着满溢的爱，可化解、消融、承载你所有的喜怒哀乐。

白天在山里走累了，夜里也睡得深沉。此时，不再失眠多梦，好似进入一个完全寂静的世界，躺在久违的大地母亲的怀抱，回归最真实的自己。

经常造访大自然，我与大自然的连接越来越深，有一种向下扎根的厚实感。静静地冥想或是远望发呆，自己慢慢就成了一棵枝繁叶茂、

直冲云霄的树,有了更辽阔的天空。

道家的老子常常用婴儿来阐述其道法自然、天人合一的观点。他最喜欢的状态便是婴儿的状态,天然质朴,纯粹简单。《道德经》多次以婴儿为例启迪生命,如"载营魄抱一,能无离乎?专气致柔,能如婴儿乎"。大道至简,而大自然是最好"转念"之境。它让我们心生喜悦,重新蜕变为婴孩的状态。喜悦一来,就好像阳光照了进来,乌云皆散,束缚皆散——抛掉那些"我认为,他认为,大家认为"的"理所当然"。一切认知与苦痛,皆源于我们的念头,以及萦绕在心中的执着。不再执着于某一件事、某一个人,一切豁然开朗,风转云淡,境随心转,任何事物都有两面,转过身,你就会看到另一面。

在都市中修一颗山林心,回归大自然是最好的疗愈。当你时刻与自己的内心和谐一致,生命的每一天都会给你传递新的信息,例如一缕清晨的阳光、一杯爱人的早茶、一个路人的微笑、一份快递的送达……试着去感受并拥抱你的生活,你会发现生命的每一天都充满爱、温暖和感动。

一切思维都是自我投射的结果,一念之转,不必等别人了解,我

路过　时光

们可以自我了解，也不必期待他人满足我们的意愿与需求，我们在自身之内便可以全然地本自具足。转念，让我们明白，我们就是自己最好的解救者，引领着自我成长。一念之转，你会发现心中可以更自在地去爱一个人，更轻松地去为某个目标奋斗，聆听你内心的声音，找寻属于自己的使命与天命。这一切皆从"山林心"开始。

第四章 把日子过成诗

路过时光

第五章

一个人的好天气

有一次回到阔别已久的家乡，我迎着夕阳西下，在江边散步。眼见着几个头发花白的老人抱着三弦和云板，自弹自唱，与斜阳和鸣共奏，瞬间我的心被触动了。这种民间曲艺，正是土家族所特有的"南曲"，俗称"丝弦"，至今已有300多年的历史。

夜色渐黑，氛围美妙得很。我驻足细听，老人们唱的是名曲《渔家乐》（又名《春去夏来》）：

不觉又是秋
柳林河下一小舟
渔翁撒网站立在船头
……
左边下起青丝网
右边垂下钓鱼钩
钓得鲜鱼沽美酒
一无烦恼二无忧
……

在清清朗朗的月色中，婉转的旋律惹人沉醉。直到老人们散去，耳畔犹有丝竹余韵。歌词中吟唱渔翁的日常，也道出生活的哲理。尤其"钓得鲜鱼沽美酒"一句，其中意境格外入心，含在口中如敲冰戛玉。后来在录制央视节目时，我与覃发池老师谈及此曲，他也极喜欢这一句，赞它是写尽"清江渔人的悠闲自乐"。

曲中渔翁从未拿世俗的成功来要求自己，不要风流倜傥，不要泼天富贵，洒脱如此——头戴斗笠，身披蓑衣；手执丝杆，腰系渔篮；有鱼有酒，闲度春秋，一心求那"钓得鲜鱼"的清悠自在。

这是何种与世无争的豁达人生呢？曾经那么执着的人与事，此刻仿佛全然放下。我是如此释怀，须臾间内心平和安宁，一无烦恼二无忧……

路过 时光

不完满才是人生

有真正完美的人生吗?

通达如季羡林先生,在回顾自己近百年人生时也感叹:"自古及今,海内海外,一个100%完满的人生是没有的。所以我说,不完满才是人生。"

我不由得想起美国加州大学艺术博士、画家黄美廉的故事。她自小患有脑性麻痹症,因此肢体失衡,也失去了发声讲话的能力。然而,她没有向厄运低头,而是通过不懈的努力获得博士学位,学会用自己的手当画笔涂抹天地。

在一次演讲中,黄美廉被问道:"您会认为老天不公吗?在人生的旅途上,您有没有怨恨?"对于这个带着"锋芒"的问题,现场听众都担心黄美廉的反应,同时也期待她会给出何种回复。停顿了一会儿,她面带微笑,用粉笔在黑板上写下"我怎么看自己",并对这个问题给出十几个答案,包括"我很可爱!""我的爸爸妈妈很爱我!""我会画画,我会写稿子!"尤其是在最后,她重重地写下"我只看我所

路过 时光

拥有的，不看我所没有的"。

"我只看我所拥有的。"多么震撼人心的一句话！生活中的我们，却恰恰与之相反——时常只看到自己未拥有的，为此不断内耗，折磨自己的身心，却对我们已拥有的事物不置一顾。

人生路上最重要的修行，在于接纳当下不完美的一切，包括我们自己。当我们聚焦自身所拥有的，沉浸其中，就会发现，生命的一切都是美好的。正如黄美廉博士，我无法变成蝴蝶，那我就成为春天，让百花齐放、万蝶围绕。

臣服于生命本身

曾经在知乎上看到这样一个问题：

最难熬的那段日子，你是怎么走过来的？

其中有一个高赞回答如是说：

面对它，接受它，看清它，战胜它，跨过它。

这不禁令我联想到一位伟大女性，露易丝·海——被誉为"现代心灵启蒙运动的奠基人"。正是这位极负盛名的作家、心灵导师，帮助千千万万人提升了生命质量。

或许，你想象不到，她在获得如此成就之前，曾经历过一系列大大小小的悲惨苦难：1岁半时，父母离异，母亲改嫁；少年时饱受凌辱和虐待，甚至被性侵；15岁时离家出走，并在16岁毫无准备地生下小孩，后因无力抚养将孩子送人；婚后遭遇丈夫出轨，不久自己患上癌症……毫不夸张地说，任何一桩一件，都足以将一个脆弱的人击垮。

然而，面对种种不幸，露易丝·海就像生命的战士，击败了所有的苦难，绽放出生命的光芒。后来，她写下畅销书《生命的重建》，在其中写有这样一段话：

爱自己并赞同自己，这会创建一个安全的空间。信任、价值和承认将在你的头脑里协同起来，在你的生活中创造更多友爱的人际关系，引来更好的工作、更好的居住环境，甚至连你的体重也会恢复正常。

这本书和这位伟大的女性也深深地影响了我。曾经我对自己的舞台形象很不满意，从眼神、头发、手势中挑瑕疵，很长一段时间我都无法直面荧幕上的自己。当我读到这本书时，我尝试和露易丝·海一样，每天对着镜子说："我爱我自己，我赞同我自己。"不仅如此，我还按照《生命的重建》一书中所说，在镜子前褪去衣物，直视自己的身体，一遍遍地重复。一个月后，某天我看到荧幕上的自己，"原来超予你很美！"我突然发现我的身心变得柔软，我不再自我苛责，我全然接受了我自己。

所以，亲爱的朋友，请你始终铭记，没有谁是完美的，人生最重要的一课是学会全然爱自己、接纳自己！你也可以尝试着，对着镜子说："我爱我自己，我赞同我自己。"并将其植入你的潜意识中。相信你会和我一样，一个月后定有奇迹发生。

做自己的摆渡人

"我是谁,我来自哪里,我将何去何从……"这些问题萌芽于生命之初,并伴随着我们成长,仿佛我们终生都在寻找答案。

影史票房最高的女导演格蕾塔·葛韦格,曾根据自己的高中经历,拍摄出电影《伯德小姐》。影片中主人公是一个正值青春期的小镇少女,容貌平常,性格叛逆。因嫌弃父母赋予的名字"克里斯汀"过于普通,就给自己取了个新名字"Lady Bird"。这位伯德小姐,一直渴望得到母亲的认可和夸奖,却不断收获失望。其中,她们有这样一次对白堪称经典。

母亲说:"我希望你能努力展示自己最好的一面。"

伯德反问她:"如果这已经是最好的我呢?"

随着剧情的推进,伯德小姐来到自己一心向往的大都市纽约上大学。兜兜转转,她把名字变更回"克里斯汀",也能坦然地说出自己那不知名的家乡小镇——"我来自萨克拉门托"。经过时间的旋转门，这个女孩最终意识到，生活的意义不在取悦他人，而是接纳自己。

回到现实世界里，跟电影里的伯德小姐颇为相似的，便有华裔女作家伍绮诗。伍绮诗在处女作《无声告白》扉页上写着："我们终其一生，就是要摆脱他人的期待，找到真正的自己。"

这部小说以美国混血华裔家庭的视角，讲述了因无法接纳自己而引发一系列悲剧的故事。希望隐瞒华裔身份的父亲，在申请哈佛教职时迈不过种族的门槛；身为白人的母亲，受限于女性身份，无法实现成为医生的梦想。他们把各自的遗憾聚焦到长女莉迪亚身上，希望她能在学业和人际交往上出类拔萃，以便融入主流社交圈，然而结局始终事与愿违。

伍绮诗曾在一次媒体采访中表示，她在这本小说中融入了很多自己的困惑。她生长在美国，是我国香港地区移民二代，后来考上了哈佛，却一直纠结于自己的"不合群"：

在成长的过程中，你的外表和周围的人非常不同，这是一种十分奇怪的体验。你会觉得自己很显眼，并且因此活得很累、不知所措——尤其是当你内心深处觉得自己属于这个社群，但别人却不这么想的时候。

伍绮诗用写作让自己释怀,不再追求成为主流社会中的"大人物",而是勇敢表达真实的自我。拒绝成为"大人物"的另一个例子,是她不想成为下一个谭恩美[19],不将自己局限在"移民故事"或"华裔女性"的标签中。成名之后,伍绮诗劝告每一位向她请教的年轻亚裔写作者:"请一定要去写你的故事,它会和别人的都不一样。"

---

19 谭恩美:美籍华裔作家,1989 年因出版描写华人移民家庭的处女作小说《喜福会》一举成名。作为华裔第二代移民,她的很多小说带有自传色彩。

从格蕾塔·葛韦格到伍绮诗，我喜欢这些外表柔弱但内核强大的女子。当你如她们那般，接纳生命的不完满，你会看到生命能量的流动。正如鸡蛋从外打破是食物，从内打破是生命。

佛陀说"天上天下，唯我为尊"，王明阳说"心无外物"。我是我生命的伟大创造者，而每个人的生命轨迹，都是"我"选择的结果。

有这样一句话"一个人只要知道他去哪里，全世界都会给他让路"，那就让我们做好自己的人生"摆渡人"，自助者天助之。

人生的三重门

我曾经看到这样一个故事，从前有一位王子，他在踏上人生旅途之前，向老师释迦牟尼佛请教："我未来的人生之路将会怎样？"佛陀回答："你将会遇到三道门，每一道门上都有一句话，你看了就明白了。当你走过第三道门之后，我会在那等你。"

就此踏上旅程的王子，很快就遇到了第一道门，上面赫然写着"改变世界"。于是，王子按照自己的理想去规划这个世界，将那些看不惯的事物统统改掉。

几年之后，王子遇到了第二道门，上面写着"改变别人"。于是，王子用美好的思想去教化人们，让他们的言行举止朝着更正确的方向发展。

又过了几年,他遇到了第三道门,上面写着"改变你自己"。于是,王子使自己的人格变得更完美。

后来,王子见到了释迦牟尼佛。他对佛陀说:"我已经穿过了三道门,也看到门上写的启示。我懂得与其改变世界,不如改变这个世界上的人;与其改变别人,不如改变我自己。"

佛陀听后,微微一笑,说道:"也许你现在应该往回走,再回去仔细看看那三道门。"

王子将信将疑地往回走。他所看到的第三道门,和来时不一样。回身观摩,门上写的是"接纳你自己"。

此时,王子才意识到,他在改变自己时,由于拒绝承认和接受自己的缺点,忽略了自己的长处,总是把目光放在他做不到的事情上,因而常陷入自责和苦恼。

于是,他开始学会欣赏和接纳自己。

王子继续往回走,他看到第二道门上写的是"接纳别人"。

他这才明白,由于拒绝接受别人和自己的差别,他总是不愿意去理解和体谅别人的难处,因而令自己常受困于满腹牢骚。

于是,他开始学习宽容别人。

王子又继续往回走。他看到第一道门上写着"接纳世界"。

至此,王子恍然大悟,由于拒绝承认世界上有许多事情是人力所不能及,而忽略去做那些自己可以做得更好的事情,而且在过程中一味强人所难,试图控制别人,因此他在改变世界时接连失败受挫。

于是,他开始学习以一颗宽广的心去包容世界。

路过 时光

《易经》中写道:"大人以继明照于四方。"你的光芒由你自己点亮,你的爱也由你自己点亮。愿你安然走过人生的三重门,学会接纳自己、接纳别人、接纳世界,并朝着你的人生所向,勇往直前,满心欢喜地播撒爱的种子,去爱自己,爱他人,爱这个世界。

等到那一天,待你破茧成蝶,我在春天的渡口等你。

终身浪漫的开始

土家族出身的女儿家，会在房前或屋后种上一棵牡丹，浇水施肥，精心照料，期盼它开出最美的花。当牡丹十八次花开花谢后，女儿也到了出嫁的年纪，父母便会把这棵牡丹挖出来，再移栽到婆家。寓意是让这株花也随女儿一起到婆家去，代替父母常伴身边……这是多么浪漫而绵长的宠爱啊。

当一个女孩成为人妻、人母，她做女儿时受宠溺的这份记忆，也随着光阴悄然逝去，消散在日常烟火生活里。此时的她们，一心牵挂着爱人、孩子，却很少爱自己。

作家王尔德说："爱自己，是终身浪漫的开始。"懂得宠爱自己的女生，便收获了此生最珍贵的浪漫礼物。而宠爱自己，可以是买一柜子的衣服、鞋子，也可以是让自己由内而外松弛下来，享受一种随遇而安的"慢生活"，抑或强大自己，让自我有底气、有能力去应对生活中一切的不确定性。

路过 时光

时间投资人

在我的日常安排里，时间永远是排在第一位。在有限的生命里，一切都是从零到一再到零的状态，都是有与无的关系。相比之下，时间显得比什么都珍贵。人生除去吃饭睡觉，加起来不过 3 万多天。人如何在起始可见的生命长河里，尽可能多地延展宽度和深度，这是我一直探究和思考的问题。

毋庸置疑，投资了时间，就等于投资了人生。我有一个手写笔记本，扉页上写着"时间投资人"。

我总是在这本笔记本上，提前列出未来半年的总体安排，再详细到每个月、每星期、每一天要做的事情。每完成一件事，我就在本子上把它划掉。春去秋来，一年很快过去，我发现自己已经将想做的事都做完了，心中就涌起满满的成就感———一种难以言状的开心与喜悦。

还记得幼年时，我们的生活中还没有太多电子产品，长辈们总是乐于用日历来记录时间。而在每年元旦时节，母亲便会把一个崭新的日历挂上白墙，并依序在上面标记出一年里的重要活动。之后每过完一天，就从日历上撕掉一页。随着光阴似箭般流逝，日历越来越薄，撕下最后一页，标志着新的一年的开始，而我又长大了一岁。

然而，我对时间的"投资"远不止于此。

每当学习工作时，我会把手机调成静音模式——我通过这种方式示意朋友们，此刻我在忙。同时，会在中午处理手机里的消息资讯。

路过　时光

久而久之，如此形成固定的生活模式，家人朋友们都习惯了固定在中午时段联系我。从此，工作和自我之间有了明确分割，我主导了我的生活。

我会在床头、洗手间、阳台、茶室放上各种各样的书，这样我就通过零碎的时间，随时随地沉浸式阅读。千万不要小看每天的几分钟，通过这些零碎的时间，日积月累，就会在不知不觉中收获满满。

成为自己的"王道"

有朋友在看了我的视频内容后，给我留言：女性如何才能拥有独立，真正的自由？我这样回答她："人唯有靠你自己，才是真正的王道。"

记得念高中时读到杨澜的《凭海临风》，我立刻被圈粉。自此，她住在了我的心里。

杨澜大学毕业时恰逢央视招聘主持人，她参加了面试。节目组表示想要一个清纯可爱、善解人意的女主持人。

对此杨澜却直接反问："为什么在电视上女主持人总是处于从属的地位？为什么女主持人就一定是清纯、可爱、善解人意的，而不能更多地发表自己的见解和观点呢？"

凭着这股"初生牛犊不怕虎"的劲头，杨澜一路过关斩将，从一众参选者中脱颖而出，亮相央视舞台。

然而，鲜花盛开之处也会有荆棘。主持节目期间，由于不想做只会念稿的"传声筒"，杨澜开始尝试自己写稿，同时也参与节目的编导和制作。很快，就传出风言风语："这个女孩有点野心。""为什么一个男人这么做就叫上进、胸怀大志，女人这么做就叫太有野心？"她很纳闷。

当年，杨澜凭借在《正大综艺》的出彩表现，获得中国第一届"金话筒奖"。正值人生高光时刻，她辞掉央视工作，出国留学。

后来在鲁豫的谈话节目中，杨澜揭开了其中的缘由。选择离开，是因为她忽然想通很多事情，"人生中许多束缚，都是外界强加给你的，你的生命本可以辽阔，你可以结婚，也可以不结，可以生子，也可以不生，不要被外界期待和框架压缩了人生的可能，你要对得起自己的热爱，顺应本心"。

从哥伦比亚大学毕业归国后，杨澜开启了事业的新征程：创建阳光卫视，打造《杨澜访谈录》。2023年，55岁的杨澜再次创新，将《发光吧，大女生》带入热门直播平台……

从杨澜身上，我们可以看到，事业会让我们拥有对生活发号施令的底气，也因这底气更加自信与美丽，也不必在两性关系中，唯唯诺诺、诚惶诚恐。当你有能力掌控自己的人生，成为生活舞台上的"主角"，全然无内耗、无忧虑，便能够让自己拥有绝对的"价值垄断"。此时，不管你是否单身，不管身处婚姻、职场还是生活，你都会成为"不可替代"的那一个。

所以，亲爱的朋友，当你成为自己的"王道"，主宰自己的人生，将自己活成一道光，你所拥抱的生活，就是星辰大海。

不畏将来，不念过往

在一次采访中，我分享了自己很喜欢的一部电影《和平战士》，它的故事令我受益匪浅、难以忘怀。这部改编自真人真事的影片，讲述了一个运动员的成长故事。

主人公丹·米尔曼，是一名大学体操运动员。生活中诸事不顺的他，整日被满满的挫败感所围绕，以至于每个夜晚都会被噩梦惊醒。一天晚上，米尔曼遇到神秘导师苏格拉底。与导师交流对话的经历，为米尔曼拨云见日。

此后，每有困惑，米尔曼都会去找苏格拉底。在这位导师的指引下，他仿佛像迷路的孩子，找寻到生命的意义和价值，并因此彻底改变了原来的生活方式，最终从一个普通运动员成长为世界冠军。

这几年流行一个词——"精神内耗"，而影片中的米尔曼恰恰是从内耗中挣脱重生，活出生命的精彩。电影中苏格拉底一番话让我印象深刻。他说，每个人都要活出生命原本的状态，屏蔽外在的声音，去跟自己的内心连接，跟自己和解，如此才能激发生命的潜能，打破一个又一个极限。

人只有不在乎外界的喧嚣，不理会未来和过去的迷茫无措，让自己毫无顾忌地成为自己，做自己，将自己一次次清零，那么自然而然，我们就会从生命中获得前所未有的极致体验。

路过 时光

现实生活中，我们很多时候深陷于内耗中——忽略当下的意义，为永远回不去的过往懊恼，为尚未发生的将来忧虑，为外界的条条框框和他人的评价猜疑。事实上，我们更应该自洽地享受当下的一切，并坦然接受和允许一切的发生。

东北人流行一句话，"那都不是事儿"。话语中透露着他们骨子里对生活的乐观、对困难的不屑。这也正对应着当下职场人的那句"不要把工作的事当成天大的事"，毕竟没有谁会在晚年回忆人生时，会因某件工作没做好而顿生懊恼。如今的年轻人，也都活出了通透的状态，就像网上流行的一句话："不内耗、不纠结，为自己的开心而活。"

我深以为然。人生一世，本就是一场体验，没有什么能真的留得住，也没有什么能真的困得住。最重要的是活在当下，做你喜欢的事，爱你想爱的人。当下即最好，你"本自具足"，你即宇宙。当你身心归属于自己的宇宙时，它将会回应你的呼唤，引领你获得生命最本真的体验，做回你真正想要的那个自己。

宠爱你的兴趣

明代大才子张岱，被认为是古代最懂生活的文人之一。他在《陶庵梦忆》中说"人无癖不可与交，以其无深情也"，我颇以为然。

第五章　一个人的好天气

在闲暇之余对自己所爱的一切用心"经营",让我觉得生活舒展而自由。我喜欢香道和茶道,结识了许多制香和制茶的非遗传承人;我爱红酒文化,于是抽时间去考了 WSET 证书,也与很多同道中人结缘;我喜欢瓷器,每次出差或旅行都会抽空去各地古玩瓷器市集转转;我还喜欢看电影,养满院子花草,逛美术馆、博物馆,只要是做自己喜欢的事,身心就得到滋养……

159

得益于小时候父母的熏陶，即便如今短视频如此兴盛，我仍保持着多年来形成的看书习惯，且尤爱纸质书。苏东坡有一句名言"粗缯大布裹生涯，腹有诗书气自华"。漫读历史，金戈铁马纵横捭阖的故事，助我洞察人性的复杂；深究心理学，令我明白生命的真谛与活着的意义；那些跨越千年的国学经典，更是我的心头好，引领我走向更智慧的人生。

英国作家约翰·伯格在《约定》中写道："我们走过的道路，会在我们身后卷起来，就像胶卷一样，卷成一卷。因此，当一个人到达了终点，他就会发现他的背上携带着、粘贴着他曾经历过的整个生命的卷轴。"

让年龄成为生命的勋章，让生命的卷轴更有质感，在我看来这是最大的高级感。若不愿辜负生命，便在每一个日子里都尽情起舞！花时间去做自己喜欢的事情，在热爱中快乐，在热爱中自由，这是生命中至真至善的喜悦与力量。你可以在台前光芒万丈，也可以在幕后扛住人生的风雨，还可以享受一个人的好天气！

今天是一个礼物

如果把时间看作是一条礼物传送带，而你仅拥有一次机会，且只能去抓取一样心爱之物，那么你的选择会是什么？

"早知道……当时我一定要多看一眼雅典卫城是什么样的白、爱琴海是什么样的蓝。"这是艾琳得知自己罹患乳腺癌之后的第一反应。

活在当下即修行

艾琳是我在一次活动中认识的朋友，不到 50 岁就已经是世界 500 强公司的高管。工作生活中的她，为人处世干练、大方，几乎每天都是第一个到公司，最后一个离开。即使休假去雅典卫城旅行，也会趁着拍照打卡的间隙掏出手机，查收老板或客户发来的信息。

艾琳一直自豪于对时间的高效利用，并坚信出色的时间管理，铺就通往成功的快车道。有朋友劝她"躺平"一会儿，她总是一笑了之，

"现在享受生活是一种奢侈，等拼不动了再说"。

可是我们或许应该思考，什么才是享受生活的最好时机呢？

我想起一个故事——

> 有一位老人去寺庙里修行。
> 三年后，有人问他：您刚去时都做些什么？
> 他说：扫地，做饭，挑水。
> 那人又问：您现在都做些什么？
> 他说：扫地，做饭，挑水。
> 那人惊讶：这有什么不同吗？
> 他说：我刚来的时候，在扫地时，会惦记着我那还没做的饭；在做饭时，会忧虑着我那还没挑的水；在挑水时，会牵挂着我那还没扫的地。我没有一刻活在当下。而如今，我扫地时只想着扫地，做饭时只想着做饭，挑水时只想着挑水，无时无刻不处于当下。

勤奋如艾琳，她的前半生就像刚入寺庙修行的那位老人，做起事来左顾右盼。如此看似高效，其实一颗心分成好几瓣，殚精竭虑，四处备战，直到自己的健康亮起红灯。

岂止是艾琳，如今人人都仿佛在跟时间赛跑——等车的间隙背单词、陪孩子的间隙刷手机……事实上，最让人心力交瘁的不是忙碌、做不完的工作，而是"分心"本身。真正的高效，不是充分利用一个时间去完成多件事，而是认识"今天"，关注当下，专注做好手头的事。

在电影《功夫熊猫1》中，智慧的乌龟大师说了这样一段话："昨日已成历史，未来还未可知，而今天是个礼物。这就是为什么要把它叫作'当下'。"[20] 无论未来还是过去，都是由无数个当下累积起来。此时此刻我们的状态与选择，包含了我们过去的痕迹与影踪，也塑造了我们未来的样子。

术后痊愈的艾琳完全像变了一个人。她学会了冥想与慢生活，愿意留出时间去做自己喜欢的事情。如今的她，跟几个闺密一起重游希腊，这一次，她关掉手机，只是观察阳光如何穿过历史残存的柱子，洒落在地面上，留下斑斑点点；只是用心倾听海浪如何不辞昼夜地拍打岩石海岸。

我为艾琳的"重生"而欣喜。

泰戈尔说："有一个夜晚，我烧毁了所有记忆，从此我的梦就透明了；有一个早晨，我扔掉了所有的昨天，从此我的脚步就轻盈了。"断舍离才能轻松纳新；活好今天，才能把握未来。与过去告别，潜心面对当下。我们也会拥有纯粹的梦，以及轻盈的生活。

---

20 这句话的原文是：Yesterday is history. Tomorrow is a mystery. But today is a gift. That is why it's called the present.

路过 时光

朋友圈里的关注和影响

随着时代不断更新迭代，我们的生活仿佛也来了一次穿越，从很多人没有手机、没有微信的年代，到如今智能手机、AI 算法盛行的巨大转变。通过智能手机等通信工具，我们拥有了自己的网络朋友圈，也获得了更多的外界关注。

然而在这个信息井喷的环境中，或许有绝大部分内容，都与我们当下生活没有任何实质关系。在关注和浏览这些信息的过程中，无形地消耗了自己。大数据算法会主动推送我们喜欢的新闻、娱乐、美食、购物等，在信息的供给和"围猎"下，我们似乎快要停止思考，更习惯各种"直给"和直截了当。

不仅如此，为了摄入更多的信息，我们习惯了倍速播放。于是我开始刻意让自己减速，静下来，慢下来，把时间、精力放在真正值得关注的人生主线上，就像当年的范仲淹始终关注自我成长。

> 传说，北宋名臣范仲淹在开封读书时，偶尔得到一个机会去觐见皇上。当周围所有人都争相去觐见时，范仲淹却纹丝不动，仍坚持认真读书。
>
> 旁人不解地问道："能见到天子，并有机会展现自己，这么好的机会，你为什么不去？"范仲淹回答："书还没读好，见皇上有什么用呢？等我读好了书，皇上自然会来见我。"后来，范仲淹苦读及第，历任苏州知州、枢密副使等要职，与皇上见面如寻常事。而当年抢着见皇上的那些人，大都泯然众人矣。

范仲淹与众不同的举动，是因为他深知，真正能吸引关注和认可的，是个人的真实才学。唯有用足够的实力打造自己的影响力，才能有朝一日造福黎民百姓。换句话说，"关注圈"的人在关注外界，而"影响圈"的人在自我成长，一切向内求，而不向外求。

从历史中穿越回来。在如今的大数据时代，再也没有北宋王朝也没有范仲淹，物非人也非，然而"真相"却是一样的。一切事物向内求，花香蝶自来依然是亘古不变的哲理。试想范仲淹穿越到我们的时代，我认为他依然会成为"范仲淹"。

作家水木然说过这样一段话：人正在进化成两个物种，第一种人是99%的人，他们就是芸芸众生，完全被算法牵着走。他们对社会的唯一贡献就是顺应了算法机制，成了大数据的一分子，如同一具具行尸走肉，等待被收割。第二种是1%的人，也就是极少数人，他们都是"反算法型"的。他们将通过"自律"和"自驱"实现自我成长，进而产生各自"信用"以及"价值"。

在这个被算力包围的世界里，你也可以保持内心的专注，让自己成为"影响圈"的人，而不是"关注圈"的人。心力一定大于算力，向内求的人最终会收获属于自己的"花香蝶自来"。

"六时书"的秘密

我有一本"六时书"，它本身不是一本书，而是一个带有表格的笔记本。我每天需要在上面做六次记录[21]，因此叫作"六时书"。这是一个源自古老智慧的方法，它能强化我们心中正向的种子，消减负面的影响，它会在日日精进中，创造更强大的自己，我们也将看

---

21 "六时"分别是：上午九点，中午十一点或十二点，下午两点，下午四点或五点，晚上七点或八点，临睡前。

到自己慢慢变好的趋势。

"六时书"中写有十项要求——

◇ 爱自己和他人，保护生命；

◇ 慷慨给予，尊重他人；

◇ 维护自己与他人关系；

◇ 为人中正平和、遵守承诺。

◇ 言谈举止是否促进与其他人关系的和谐；

◇ 与人交往是否保持真诚、谦让、善意；

◇ 交谈的内容是否有价值、有意义；

◇ 是否为他人的成就感到开心，有没有嫉妒别人；

◇ 是否具备同理心，设身处地为他人着想；
◇ 是否活得通透，理解现实与无名。

"六时书"已伴随我多年。我每天以书中十项要求自省。曾子说，吾日三省吾身。静坐常思己过，闲谈莫论人非。我将"止语"二字挂在我的书房中，为的是更好地自省，在"＋"号一栏写下美德，在"－"号栏记下我没有做到的，并加以反省和修正。日拱一卒，日日精进，通过追踪记录，不知不觉地脱胎换骨，我发现我的世界越变越好。

过去的言行，塑造了今天的你。过去的"因"，造成了今天的"果"，又成了明天的"因"。拥有一本"六时书"，会让你懂得爱人、自省、利他、笃学、宽容、精进，长此以往收获一个全新的自己。

唾面自干的智慧

我喜欢读历史书籍，读史确实让人明智，在此分享一个我喜欢的历史故事。

在武周朝时，李昭德为内史，娄师德为纳言。两人相处发生过许多故事。

有一次，他们结伴同行上朝。娄师德因身体肥胖而行动迟缓，李昭德不得不反复停下来等他。最后，李昭德等得不耐烦了，便开口说:"真是可恨,乡巴佬!"当时,娄师德听后不仅没有生气,反而笑着说:"是啊,我不是乡巴佬,谁是乡巴佬?"

后来,当弟弟被外放做官,娄师德在临行前对其说道:"以我微末的才能,忝居宰相高位,你如今成为一州长官,我二人必招人嫉恨。我们如何才能令受之于父母的身体发肤得以保全呢?"弟弟说:"从今以后,即使有人往我脸上吐口水,我只是擦干,也不申辩,并以此自勉,不给兄长添麻烦。"娄师德担忧地说道:"别人吐你,是因为发怒。你擦干它,那人一定认为你是恶心他的口水,便会更加生气。口水你不擦它也会干,何不笑而受之?"这便有了典故"唾面自干",用以形容一个人即使受到侮辱也极度隐忍。

"觉人之诈,不形于言;受人之侮,不动于色。"(《菜根谭》)一个人若有愿意吃亏和忍辱负重的胸怀,自然会圆融通达。李昭德与娄师德后来的际遇也恰恰印证了这一说法。前者为官耿直、性格暴烈,常与酷吏来俊臣抗衡,后被诬陷谋反被杀;而后者性格随顺,先后为将为相30余年,得以善终。

忍耐他人的恶语和侮辱,是一种人生智慧。而在遭遇唾沫加身,经历人生低谷时,潜心磨炼,又何尝不是人生成功的必修课呢?

不久前,成龙的一张活动照片令我不由得感到唏嘘。当初那个龙精虎猛、活力四射的"大哥"已是须发皆白、年逾古稀了。在他的成功之路上,常伴"辛酸"二字。童年起,独自在戏剧学院学艺挨打,受尽委屈苦痛,几乎每天都会躲在屋里哭。之后,付出百般努力和忍受千般疲惫，勤奋练功，数十年如一日，为他在影视圈打下坚实基础。

1985年，《警察故事》让一度在片场摸爬滚打的成龙崭露头角，在我国香港地区确立地位。随后，他又将目光投向所有演员都向往的世界影坛"圣地"——好莱坞。而在这条通往神圣之地的路上，他耐着性子走了十余年。

最开始，成龙搭乘十个多小时飞机去好莱坞，因英语太烂，当地的电视台纷纷拒绝做他的节目。吃了闭门羹的他，不得不原路返回，到家哭起来。然而，这些受挫的经历，并没有阻挡他对电影的热爱。凭借多年的磨砺，成龙以独特的武打风格和幽默谈吐，赢得好莱坞乃至全世界影迷的喜欢，成为中国功夫和中华文化的一张闪亮名片。

娄师德和成龙，这两个在岁月长河中完全不相干的人物，在面对旁人和生活的"唾面"时，却保持了一致的选择——持续忍耐并坚持所爱。的确如此，无视生活的"凌辱"，是博大，是达观，更是内心的富足坚韧、云淡风轻。

一次生活的"越狱"

为什么要旅行？

2015 年，河南一名女老师以一封十字辞职信火遍全网。"世界那么大，我想去看看"，多么质朴和热烈的表达。

曾经在那为口罩焦虑煎熬的日子里，"生活不只眼前的苟且，还有诗和远方"成为人们的口头禅。当森林与田野、落霞与孤鹜、长河与落日都成了眼中的光、梦中的景、心头的渴望，旅行就是生活的一次"越狱"，让你在困惑中重获舒展，在苦闷中重获阳光。

与世界不期而遇

在旅行之前，很多人习惯做足计划。时间、住宿、旅伴，必须打卡的景点和餐厅……一一详尽。似乎但凡漏了一项，旅程就不完满。然而，许多事情由于目的性太强、期待太多，反而会失了乐趣，乏了味道，旅行如此，人生亦是。

村上春树在书中写道：不确定为什么而去，正是出发的理由，不论怎样的旅行都充满了惊喜与意外，诸多插曲都化为无穷的乐趣，或许会在不经意间塑造你的人生。

旅行也好，人生也罢。我更愿意说走就走，没有规划，随性而为，如此反而自由自在，心中全无挂碍和担忧，反而带给我一路惊喜与美好。

还记得曾有人问蔡澜："有很多地方我也想去，但考虑了很久，还是去不成，怎么办？"蔡澜答得也妙："想走就走，放下一切，世界不会因为没有了你而不运转。说走就走，你没胆，我借给你。"

在生活中，蔡澜是个懂吃喝、爱玩乐的老顽童。尽管尝尽百味，遍览千山万水，可他依然对这个世界充满期待和渴望。这样的他，十分享受说走就走的畅快，认为旅行中最重要的是"不贪心"。

他又以两个故事举例。

在第一个故事中，蔡澜讲述了自己在印度时与土著女友的一番对话，"（她）整天烧鸡给我吃，我问她有没有吃过鱼，她说什么是鱼。我画了一条给她看，说你没吃过鱼，真是可惜。她回答说，我没吃过鱼，有什么可惜？"

何等聪明！人们总习惯以外在标准为参照，将自己跟周遭人的生活比较，以此来评价和判断自己。事实上，这只是在一个极小的圈子里内耗而已。走出圈子，去往更广阔的天地，就知道"拥有"固然可喜，"没有"也不可惜。如此想来，大多数时候，你的那些小烦恼、小窃喜，对别人而言真的无足轻重。

另一个故事是蔡澜在西班牙一小岛上的经历。一天早上蔡澜出来散步，在海边遇到一个老嬉皮在钓鱼。眼见老嬉皮面前的鱼很小，而另一边的很大。蔡澜对他说："喂，老头，那边的鱼大，去那边钓吧。"但老嬉皮的回复令人意外，他说："我钓的，只是午餐。"

何等洒脱！人们常说"随遇而安，适可而止"，然而知易行难。如果不去旅行，不去感受形形色色的生活，又岂能知道世上竟真有人如颜回那般"一箪食，一瓢饮"，丝毫不改其乐？

当代作家北岛在《青灯》中写道："一个人的行走范围，就是他的世界。"我们虽无法决定生命的长度，却可以通过旅行增加生命的厚度。

回顾这些年，我曾在无数次说走就走的旅行中，探索未知的世界。我追逐过长河落日，惊起过一滩鸥鹭，漫步过烟云锁江，在广阔天地间感受生活的旷远与生命的无限可能性。

亲爱的朋友啊，去旅行吧。你可以从中体验一万种人生，感受山高海阔、人间烟火。人世间这场从零到一再到零的游戏，等着我们去冒险、去体验。

在旅行中找回自己

《美食、祈祷和恋爱》（*Eat Pray Love*）是我非常喜欢的电影，适合每一个拥有敏感灵魂的超龄少女观看。

这部电影改编自一部自传小说《一辈子做女孩》。影片中的女主角伊丽莎白·吉尔伯特（朱莉娅·罗伯茨饰）是一位旅行作家。在经历了婚姻的破裂和人生的低谷之后，这位作家终于意识到自己"没有一点生命力"。然而，她并不甘心"一辈子就做这种人"，于是踏上了一段自我发现之旅。

在意大利旅行的日子里，伊丽莎白学会尽情享受每一餐，细酌慢饮，品味饮食为生活提供的美好体验；在印度，通过冥想与修行，接纳了自己的不完美；在热带风情的巴厘岛，重新燃起对爱的渴望……

或许，如果没有婚姻的挫败，伊丽莎白会一直按照既定的轨道，被生活裹挟着，推着走。日子过得不算糟，但也称不上好。说走就走的逃离，让她"找到自己迷恋的东西……语言、冰激凌、意大利面，什么都行"。十分惊喜的是，旅行就像一束光照亮生活中的灰暗，让她看清自己到底想要什么。

第五章　一个人的好天气

所以，什么是诗意的生活呢？可以是忙里偷闲，沏一壶茶、读一本书，在当下的琐碎里安住；也可以是说走就走，去山水自然中重启自己，到未知的世界探索另一片风景。

我想，把日子过成诗，并不只有"采菊东篱下"，更为重要的是有一颗发现美、热爱美的"诗心"——跟喜欢的一切在一起，打破枷锁，体验每一瞬间的美好。此时此刻，当你看到这段文字，请静静阅读、尽情享受吧，我希望这也是你生命中一次美妙的体验。

路 过 时 光

第六章

成为自己
成全爱

一个七夕晚上，我接到一位女朋友的电话。她哭着告诉我，今天没有收到男朋友的鲜花。

我宽慰了她一会儿，挂断电话，继续写作。突然脑海中就想起纳兰性德的《木兰花》，"人生若只如初见，何事秋风悲画扇。等闲变却故人心，却道故人心易变"。

其实七夕收到花，并不代表着他会"依约"爱你到明年七夕。没收到花，也不要认定没人把你放在心里。

人人都向往美好的爱情，希望天长地久、永结同心。那什么是爱？又该如何找到那个对的人？

爱的向内与向外

经常听到恋爱中的女孩甜蜜地说:"喜欢他是因为他对我很好,没有什么比这更重要。"问题是"多好"才称得上"对我好"?"好多久"才称得上"对我好"?是每天早接晚送,是每天倾听你的职场烦恼,还是每天嘘寒问暖,亲亲抱抱举高高?

爱情的开端,总是甜甜蜜蜜。然而随着时间的推移,激情退去,

如何让相知相爱持续下去，不至于变成相离相弃？或许很重要的一点是，不要沉浸在"被爱"的欢喜中而忘记"去爱"，也不要因为"爱你"而忘记"爱自己"。

经常读到类似的话，想让一个人喜欢你，你只需了解对方的需求并持续满足需求，对方大概率会喜欢你，甚至爱上你。

但是持续满足一个人，谈何容易！人的需求会随着时间、年龄、阅历、环境不断变化。在一段恋爱关系里，大多数人会把自我满足的压力，寄托或者投射在伴侣身上，同时会忙着为其他未被满足的期望，去寻找新的对象。一旦对方无法满足，就很容易失望。

除非你和对方都能做到100%的自我满足，拥有爱自己的能力，否则始终会有未满足的需求，心中的"嫌隙"一直都在。因此，与其执着于"对我好"，不如底气十足地说一句"我很好"。

每个人心里都有一块"情感电池"。习惯向外求的人，总想依靠他人和外界来获取爱的电量。试想一下，如果我们自己成为爱的源泉，这块"情感电池"便能一直保持满格。当爱从内心自然而然地满出来、溢出去，我们才有爱的余裕对他人输出爱。

就像土家族民歌《龙船调》中的那句经典对白，姑娘唱"妹娃要过河，是哪个来推我嘛"，小伙会跟着和"我就来推你嘛"。青春俏丽的幺妹儿在心上人面前并不矜持，而是主动试探、大胆追求爱情。

她的生命本身丰盛饱满，有人"推"固然好，没有也没关系——靠自己照样能过河去。

先学会爱自己，输出自己满格的爱的电能。当你一个人，你能幸福，那么你和谁在一起都可以幸福。同时，谁和你在一起都会感到幸福，想要长久地和你在一起。

路过 时光

"扯扯船"自己撑

湖北土家族有一种"扯扯船"的传统。人们用一支缆系在河的两岸，缆上套篱圈，将若干篱圈连串系在船头。乘坐小船的行人，无须他人摆渡，自己用手拉缆就能渡河。有一支歌谣记录了"扯扯船"："扯扯船，不要钱，自己扯，自己撑，稳稳当当上了岸。"

我想爱情也是如此。"扯扯船"自己撑，自己扯，做自己的摆渡人。

爱不是拼图,需要另一半来填补自己的缺憾,爱是一个圆遇到另一个圆。

复旦大学教授陈果在《好的爱情》中说:"当你越来越看清什么使你心动,什么是你的心之所爱,你也就越来越明白自己是个怎样的人。你深爱的品质,往往就是你渴望成为的自己。"

所以,如果你现在单身,不妨拿出一张纸、一支笔,为你渴望遇到的完美伴侣列一个标准,想想哪些是让你心动的伴侣特质。

在写下来的标准里,"真诚友善""阳光开朗""有好奇心"等你渴望伴侣的特质,恰恰是你想成为的更好的自己。之后你要做的,就是在遇到那个"Mr. Right"之前,不断让自己更好,让自己成为理想中的"Miss. Right"。

例如你希望伴侣是一个知识渊博、视野开阔的人,不妨先把自己塑造成那样的人:每个月读一本书,每季度参加一次户外聚会,每半年安排一次旅行……提升自己的认知与格局。

万物都遵循"吸引力"法则,可能在你塑造更好的自己的过程中,就遇见了你生命中的"Mr. Right",梧高凤必至,花香蝶自来。

路过　时光

绝不低到尘埃里

"见了他,她变得很低很低,低到尘埃里,但她心里是欢喜的,从尘埃里开出花来。"

这句话是张爱玲写给胡兰成的,那个让她爱到骨头里,最后却深深伤害了她的男人。

如此有才情与格调的女子,明明可以被这世间最好的男子捧在手心,偏偏在爱情上卑微至此,将一手好牌打得稀烂。她是那样爱他,倾其所有地取悦、付出。她爱得太累太痛了,换来的却是胡兰成的"天下男人都会犯的错误"。

张爱玲之于胡兰成,留下一段伤心情史,也留下"低到尘埃里"这一爱的表达。爱是软肋,也是铠甲,但爱到尘埃的代价你知道吗?

对于朦胧诗派诗人顾城来说,谢烨不仅是结发妻子,还是他的"母亲"、他的粉丝、他的手足,给予了他无尽的爱。和谢烨相遇后,顾城写了一首诗《我是一个任性的孩子》:"我是一个孩子,一个被幻

在天津张爱玲故居

想妈妈宠坏的孩子。"

  顾城的确成了个被宠坏的孩子。为了独占妻子,他要求送走刚出生的儿子,谢烨屈服了。后来,顾城遇见另一个女子李英,坚持要求李英来到夫妻俩共同生活的小岛,尝试三个人的生活,谢烨也一步步退让并接受了。当李英最终决定离去,顾城几次尝试自杀,是谢烨劝住了他。而当某一天她最终清醒决定离开时,却死在了爱人的利斧下……

  委曲求全的人,最终失去自己,也失去爱。很多人一旦陷入爱情,便奋不顾身,倾其所有,对方一点情绪上的风吹草动,都会让自己变得小心谨慎。谢烨如此包容,无限忍让,救苦救难。然而即使她万般委屈，也不能为爱情续命。

要知道，我们无法通过强求获得爱，也无法用不断退让维护一段摇摇欲坠的关系，爱应该是势均力敌，它是平等而坦诚的表达：我不会在情感中迷失自我，你也不会在付出中忽略自己。我不用在你面前掩饰自己的缺点，你也不用刻意装作无坚不摧。

好的爱情有韧性，拉得开，但又扯不断；互不束缚，但又默契十足。我和你，是独立的个体。在一起，彼此都能做真实的自己，你不需要改变，我亦不需要迁就，我在全然爱自己的前提下，充分地爱着你。你爱得自在，我爱得惬意。

爱你，但绝不低到尘埃里。

还有这样一个故事：

> 美国总统克林顿和妻子希拉里有一次开车去加油站，希拉里发现加油工人是自己的初恋情人。克林顿一听自信心爆棚："你看，幸亏你嫁给了我，如果你嫁给了他，你就是一个加油站工人的老婆，而不是第一夫人了。"希拉里则笑答："还好我嫁给了你——如果我嫁给了那位帅哥，现在的美国总统就是他了。"

这当然是个段子，但不无道理：情感乞丐遇到的只会是情感乞丐，女王才会遇到国王。

路过 时光

就像舒婷在《致橡树》里所写的那种，不做攀缘的凌霄花，而是以树的形象站在一起，彼此分担寒潮、风雷、霹雳，共享雾霭、流岚、虹霓！这也正是最好的爱情站位。

懂你大于爱你

人们常说，相爱容易相守难。

爱你的人，心念所至而生万般欢喜。他会把自己喜欢的东西拼命塞给你，却不见得是你喜欢和想要的。

懂你的人，是心灵相通、默契相伴。你尚未开口，他就能明白你在想什么；你的喜怒哀乐，他知道是因何而起、因何而来。因为懂得，他愿千辛万苦成全你所愿，让你可以做你喜欢的事情，成为你想要的那个自己。

当生活磨平了爱的棱角，大多数人所求不过一句"你懂我"——但这样的状态却往往最难得。

你回家抱怨办公室里的马屁精，伴侣却说"你早就应该按我说的，去讨好领导"；你感叹这一天过得太漫长，想得到一个拥抱，却迎头撞上"你这算什么，我今天才惨呢"；你兴致勃勃拍照，想和另一半分享秋叶中一颗饱满的松果，对方不屑一顾地说"遍地都是，有什么稀奇？"……

这些看似不值一提的生活琐事，在日积月累中，使得两人的爱情坍塌，也让原本心意相通的两个人成为最熟悉的陌生人。

知你冷暖，懂你悲欢

读鲁迅和许广平的通信集《两地书》，第一封信就是两人对于精神本质的探讨。许广平恭恭敬敬称"鲁迅先生"，求问理想主义者"有什么法子在苦药中加点糖分"。鲁迅称她"广平兄"，回答道："我自己对于苦闷的办法，是专与袭来的苦闷捣乱，将无赖手段当作胜利，硬唱凯歌，算是乐趣，这或者就是糖吧。"

信越写越长。他称她为"小刺猬"，自称为"小白象"。他们时而探讨国事，时而交流织毛衣和育儿。两人并非永远意见一致：她时而乐观积极，他时而悲观消极；他们时而争论，时而倾诉。如无深切的"懂得"，以不苟言笑著称的"大先生"，又怎么会在爱人面前撒娇、诉苦，重新做回"小学生"呢？

懂你的人，不会试图用自己的标准去规训你，也不必让你追着说一句"听我说，好吗"。他懂你的欲言又止，也懂你的口是心非。

在这个世界，大多数人只在乎你飞得高不高，却少有人问你飞得累不累。那一句"我懂你"，胜过天降甘霖。那一瞬间，你在滚滚红尘里便有了一盏属于自己的心灯。

所谓岁月静好，不过是有一人能知你冷暖、懂你悲欢。

因为相知，所以懂得

爱情需要"懂得"，友情又何尝不是呢？

白居易在江州任司马时，收到好朋友元稹的来信。惊喜之间，他连衣服都穿反了。于是写下："言是商州使，送君书一封。枕上忽惊起，颠倒著衣裳。"

元稹也不遑多让，还没有拆开白居易的回信，便喜极而泣，把妻女吓了一跳："寻常不省曾如此，应是江州司马书！"

如果你熟悉他们二人当时面对的政治处境，或许你才会理解元白二人互通信件时的激动。由于得罪权贵，白居易遭到了政治流放，改任江州司马。此时，能在逆境中得到友人的问候，他自然心潮澎湃，倍感温暖与安慰。与此同时，同样境遇也不佳的元稹，收到老友的回信，何尝不是获得了人生逆旅中的一种慰藉呢？于是，便有了"我今因病魂颠倒，唯梦闲人不梦君"的千古绝句与情谊佳话。

2024年的夏天，我尝试创作了一曲国风新作品——《闲人填梦》。其中，词的意境灵感便来源于元稹这个千古佳话。作品一上线便收获许多惊喜，这首歌在这个炎热的夏季被无数人二创、改编，全网点击量超过三个亿，还登上了几个热搜平台。

朋友之间的懂得，除了位卑时相知，还包括位尊时相谏。

梁漱溟先生在政界有许多友人，其中首推毛主席。他曾拜访毛主席的岳父，而毛主席常与其讨教学问。1938年，梁先生访问延安，两人长谈八次，通宵达旦。

难能可贵的是，这份真诚的友谊一直在岁月中延续，并未因后来彼此地位的变化而消减。梁先生曾这样写道："（我们）相互间比较熟悉，见面时无话不谈，有时发生抬杠，他批评我不对，我要他有雅量，不要拒谏饰非……"

千金难买是知己，千里难寻是懂得。张爱玲说"因为懂得，所以慈悲"，友人亦回八字"因为相知，所以懂得"。

懂，是互相欣赏，惺惺相惜；懂，是高山流水，心有灵犀。一颦一笑一蹙眉，皆是懂的符号。懂得，是孤单时有人相陪，无助时有人安慰。因为有人懂，你的情怀可以诉说，苦闷可以释怀。

第六章 成为自己成全爱

195

妈妈是爸爸的秘密武器

"我将于茫茫人海中，访我唯一灵魂之伴侣，得之，我幸；不得，我命。"这是徐志摩的爱情誓言。仿佛早年的我们，都有这样的爱情梦想。

世人多误会林徽因曾与徐志摩有情，但她的儿子梁从诫在《倏忽人间四月天——回忆我的母亲林徽因》中记录了母亲的话："徐志摩当时爱的并不是真正的我，而是他用诗人的浪漫情绪想象出来的林徽因，可我其实并不是他心目中所想的那样一个人。"

林徽因谢绝徐志摩，是深知徐志摩爱的是想象中的自己，而不是真实的自己。真正懂林徽因的人是梁思成——她的丈夫、同志也是同事。

你知道吗，首先爱上建筑的人是林徽因，梁思成是受她的影响，才入了建筑的门。据梁先生回忆，"在交谈中，她（林徽因）说到以后要学建筑，我当时连建筑是什么都还不知道。林徽因告诉我，那是合艺术和工程技术为一体的一门学科。因为我喜爱绘画，所以我也选择了建筑这个专业"。可见懂你的人，不必你来"向下兼容"，他自然而然地有兴致去了解你所热爱的人和事。

后来，梁思成和林徽因成了亲，两人也成了调查研究中国古建筑的最佳搭档。1933年测绘应县木塔时，林徽因由于家庭琐事未能参加。梁思成便每天给她写信，详细告知测绘过程，而林徽因也有自己的唱和。她根据这些信添上自己的解读，在《大公报》上做了一次"直播"，

后来被建筑界誉为"木塔下的情书"。

如今,我们还能亲身感受到梁思成对应县木塔的赞叹与热爱:"绝对的 Overwhelming,好到令人叫绝,喘不出一口气来……我的第一个感触,便是可惜你不在此同我享此眼福,不然我真不知你要几体投地地倾倒!"

真正的灵魂伴侣,看到世间至美的第一反应是"可惜你不在这里!"

在一段互相懂得的关系中,你会经常在对方身上看到自己——比翼连枝,有更深的双向连接。所谓"离不开你",更多是精神上的同悲同喜、相偎相依。

与梁思成同时代的另一位著名建筑师贝聿铭，与妻子卢爱珍携手共度70余年。妻子陪伴贝聿铭度过了因肯尼迪图书馆、卢浮宫玻璃金字塔等作品饱受争议的艰难时光，也亲眼见证了他从一位新人，成为跻身20世纪最知名的建筑大师之列的伟大建筑师，他们的儿子这样形容："妈妈是爸爸的秘密武器。"

贝聿铭对自己这段婚姻的评价是："没有夫人，就没有获得世界建筑奖的贝聿铭。有了她，我的心才是安稳的，像婴儿回到了摇篮。"

"弱水三千，只取一瓢。"愿你于茫茫人海寻找那个最懂你的人，而不是一直说爱你的人。

第六章　成为自己成全爱

路 过 时 光

第七章

给予的
永不会失去

有朋友会问我为什么名字叫"超予"。其实这个名字是母亲给起的，她告诉我，"予"是"给予"，当你给予爱，爱就永远不会失去。

以前，我不太理解这句话。如今我终于明白，母亲寄期望于她的小棉袄：愿超予这一生，可以超越自我，利他善行，给予爱，收获爱！

说来幸运，在成长路上，我收到了很多人的爱和"给予"：小时候鼓励我成为"大人物"的大爷爷，告诉我"不完满才是人生"的季羡林先生，音乐上教育我"先学做人，再学唱歌"的恩师金铁霖先生，鼓励并辅导我完成学业的刘老师……每每回想，便深深感受到自己得到老天厚爱。感恩所有出现在我生命中的真善美的灵魂，正是他们让我的人生之路更加丰盛美好，让我更加坚定地将这份爱传递下去。

如今我有了自己的家庭，并将这个"予"字作为我们家庭的信条。我希望这种给予的精神历代传承，生生不息。"予"的精髓在于，甘为人梯，舍己利他，无条件地爱与奉献……

路过 时光

替大爷爷去见"大世面"

疫情后第一次返回家乡,恰逢清明将至。看着车窗外疾速而过的"清明吊"[22],我脑海中浮现出一个人的身影:一个老兵,顶着草帽,叼着大烟杆,穿着老布鞋,一边走路一边挠"被月亮咬了"的半个耳朵。

他是我儿时记忆里的大英雄——我的大爷爷。

"大爷爷"是我们家乡的叫法,其实就是我爷爷的哥哥。我很喜欢这个称呼,一个更大的爷爷,多好。

印象中的大爷爷个子不高,鼻梁挺拔。每次看见我,笑容就会爬上他那张黝黑的脸,眼睛眯成一条线。他还会用长满老茧的手,使劲地捏捏我那张天然高原红的脸蛋,用一口家乡话说:"二丫头,今后可是个大人物咯。"

韶华易逝,岁月倥偬。儿时与大爷爷相处的记忆逐渐模糊,但每

---
[22] 清明吊:一种土家族传统的祭祀方式,类似花圈,是用细竹篾和剪纸或者糖果纸编织而成的一串一串彩色的花。

次想到他，心里总是暖暖的、美美的……

"指了月亮"的大英雄

打我有记忆开始，大爷爷就只有半个耳朵。在土家族有个传说，谁的耳朵缺了肉，一定是对月亮女神有大不敬——用手指了月亮，惊动了女神，所以才被月亮女神割了耳朵。小时候，我仗着大爷爷的宠爱，经常笑话那半个耳朵是他"指了月亮"所受的惩罚。

大爷爷听了，总是装作生气的样子，伸出手要来揪我的耳朵。我赶紧捂着耳朵往外跑，边跑边扯着嗓门喊"指——月——亮——喽——"

大爷爷爱跟我们讲打仗的故事，那时的我认为世界这么太平，哪有战争，总觉得他胡诌的成分居多，不以为然。

他退伍返乡后那几年，家乡发生了一件大事，让我彻彻底底成了大爷爷的铁杆粉丝。原来那时在山路十八弯里，传闻有老虎找不到食物，下山伤了人。大爷爷得知后主动加入"捉虎执法队"，为乡亲除去隐患。

鄂西武陵山脉重峦叠嶂，地势险峻，行走艰难。大爷爷穿上草鞋、打着火把与捉虎队进山，大半个月都没有出来。我茶不思、饭不想，天天翘首以盼，终于盼来大爷爷的好消息——他带着几个小伙子，用大铁栏捉住了两只老虎！这下大爷爷成了远近闻名的"捉虎英雄"。

那些日子，作为大爷爷的头号"爱将"，我每次出门都很骄傲，走路都是虎虎生风。我经常召集小伙伴们在一起"说书"，随便找个场坝头，大家搬着小板凳儿乖乖坐着。我站到前面，威风凛凛，边说边演大爷爷捉虎的整个过程，为了让故事更加精彩，中间免不了添油加醋，说着说着仿佛说故事的自己也成了大人物。有一次大爷爷路过，一言不发、笑眯眯地看着，仿佛认可我继承了"捉虎英雄"的头衔。

大爷爷对我很看重，我想可能是因为我是儿孙辈里最像他的。

小时候，我是一个小顽童。下河捞鱼虾，上树掏鸟蛋。树爬久了，觉得不过瘾了，便转向爬竹子。我经常组织小伙伴们比赛爬竹子。插一面小旗在竹子的顶端，谁先拿到旗帜谁就赢了。每次我总是嗖的一声就爬到了顶，谁都没有我快。"假小子"的童年是那么悠然惬意、无拘无束。

等到野孩子上了学前班（也就是现在的幼儿园），第一次学会了规规矩矩。但我在课上怎么也坐不住，也学不进课本知识，刚上课就觉得又饿了。那时的小课桌有一半是活板，我就时常掀开半扇，偷吃藏在里面的烤土豆。老师教拼音，我在吃土豆；老师讲1+1 = 2，我在吃土豆……两个礼拜以后，老师把我母亲叫来学校，对她说："孩子管不住，等大点儿再来上学吧。"

母亲对我这个"野丫头"感到无可奈何，我便从"捉虎英雄"变成了"放虎归山"的"小老虎"了。

一天傍晚，大爷爷正好又看到我爬到树顶上掏鸟窝。我心想大事不好，赶紧往下滑。他只是捡起我扔在地上的衣服和鞋，抖了抖灰，又仰头看看我："哎，二丫头，该穿衣服了——你长大了啊！"

我佯装没听见，仰着头朝天上看去，还哼起了小曲。可没想到，就在几天后，我的大英雄去世了。

那是一个黄昏，母亲匆匆赶来，一把薅住刚下河捉螃蟹的我，边哭边说，"你大爷爷没了"。我大脑嗡的一声，不敢相信，跟着母亲跌跌撞撞往家赶。回到家的第一件事，便是找出衣服和鞋子穿上。一路上脑海中回荡着大爷爷对我说的话——"该穿衣服了，你长大了啊！"

无尽的思念

我和大爷爷见的最后一面，是在他的葬礼上。

路过 时光

这是我第一次直面至亲的死亡，然而我并没有感到害怕。在土家族传统跳丧仪式上，每个人看起来都很欢快。我很感激土家葬礼的哀而不伤，以及那洞穿灵魂的生命诵唱。不知我的大英雄能否在天上看到，他生前的荣光依然闪耀。

"这些都是大爷爷留给你的。"葬礼结束后，母亲递给我一个军旅帆布包——包里装着大爷爷给我扎的竹编娃娃、装蛐蛐儿的小房子和一面我爬竹子时用的红旗，那是我从大爷爷书房中偷偷拿出来的。里面还有一个破旧的小本儿，我翻开小本发现竟然是日记，字迹潦草，有很多字我都不认识。

母亲一字一句读给我听，才知道大爷爷年轻时参加过越南自卫反击战。他打仗很勇猛，总是冲在前面，后来被敌人用枪打掉了半个耳朵，因伤退伍。

我的大英雄不但勇敢，而且情感细腻。他在日记里写：

"大伙在山谷发起进攻，硝烟呛人得很，耳边都是撕心裂肺的呼喊，分不清是小鬼子们还是弟兄们。为了拿下一个山头，常和我闹腾的老张为了掩护我牺牲了，我也拼了命地杀了几个小鬼，子弹在头上呼呼地飞……我还活着，只是丢了耳朵，老张却没了……"

我终于明白，大爷爷讲述的故事并非胡诌。那张爬满皱纹的面庞，不只是岁月沧桑，更蕴藏着对老战友无尽的思念和缅怀。

在日记中，大爷爷记录了他早年间在部队的经历，其中写下自己最大的遗憾：要是有机会继续念书，就去看看北京天安门，去"见一见大世面"。

母亲合上日记本，含着泪看向窗外，缓缓地告诉我，大爷爷经常在她面前絮叨："别看二丫头淘气，我们家的邓二，差不了！"

一夜之间，我仿佛"人间清醒"，从莽莽撞撞开始走向成熟稳重，从无拘无束到循规蹈矩。从那天开始，我像换了个人，从一个大大咧咧的小泥猴，一跃变成了班里的好学生。我每天穿鞋着袜，佩戴红领巾；我起得最早，我的读书声最大，成了教室里最悦耳的音符。

老师还奇怪，这个淘气孩子怎么不在课堂上惦记吃土豆了？我清楚地知道，我有更重要的事要做——我要去"见大世面"，我要去看天安门。

多年后，我考上了大学，离开了家乡，又辗转来到北京。我来到北京的第一件事，便是去看大爷爷心心念念的天安门。站在天安门广场，我泪流满面，心中在呼唤："大爷爷，你的宝贝疙瘩二丫头，来天安门了！"后来，我穿着西兰卡普走上了万里之外的戛纳红毯，我的形象也在纽约时代广场大屏亮相。这一切如梦幻般不可思议。然而我走得越远，便越想念大爷爷：你的二丫头替你见了大世面！

我始终记得大爷爷的话，我想不管走到哪里，无论做什么，都要努力让自己成为"一个人物"！一首《思念》送给我的大爷爷。

思念是一把小刀
一寸一寸 切割我的肉体
思念是一只虫子
一口一口 啃噬我的灵魂

思念是一根长长的风筝线
这头系着我 那头在你手中
思念是一张薄薄的宣纸
正面是你的叮咛 反面是你的嘱咐

思念是条奔流不息的河
我在这河的对岸 遥遥地望你
思念是高涨的潮水
满了便化作热泪涌出

思念是宽广的海洋
一旦澎湃 一发不可收拾
思念的人啊 你
我最爱的人
我的大爷爷

你是我的人间四月天

真诚与善良，是人与人初见时最真实的情感，也是人与人相遇之后最智慧的相处模式。这一信念，不仅来自我成长的家庭，也来自季羡林先生——与我人生有过短暂交集的一位贵人。一直最爱林徽因的《人间四月天》，我想，季先生便是我的"人间四月天"。

未名湖畔的偶遇

大学暑假期间，我来到北京大学实习。有一次，我们在北大举办一场文化活动。到了合影环节，摄影师指挥排好队列，我作为工作人员帮忙维持秩序。

大家站定之后，我注意到站在正中间的那位老先生衣着朴素，看起来跟周围的人有些格格不入。他身着卡其布中山装，衣扣扣得整整齐齐，慈祥安静。他既像我的大爷爷，又像刚进城的老农伯伯。他是谁？我细细打量这位老先生，却看到他脚上的鞋带松开了。

我心里一紧：这里人多，闹哄哄的，如果先生被散开的鞋带儿绊倒怎么办？犹豫了几秒钟，我高举着手，大声说："请稍等一下！"然后冲到老先生身前，蹲下去，麻利地为他系好鞋带，再迅速起身离开。

做完这些，我轻轻嘘了口气，手贴在脸上觉得发热，才意识到自己竟紧张到脸都红了。旁边有人告诉我，那是季老！

原来他就是季羡林，那位蜚声海内外的国学大师！我感到脸更红了。

原以为刚才"小插曲"是我和季老最后的接触，没想到一个简单的动作引起了先生的注意。活动休息期间，我去送茶水，正好遇到先生，先生抬头笑着问我：

"小丫头，你是哪里人啊？"

"湖北的。"

"哦哦，我知道的，《龙船调》啊《龙船调》！"

我重重点了点头，心里乐开了花，原来大师了解我的家乡呀！先生喝着茶，随口就哼唱起来："妹娃要过河，是哪个来推我……"

"我就来推你嘛！"我如条件反射般应和。这下把先生逗乐了，他笑着让我接着唱:"来一段儿,来一段儿!"

我初生牛犊不怕虎,在大师面前"喊"了一嗓子:

正月里是新年哪咿呦喂
妹娃我去拜年哪呵喂
金哪银儿索
银哪银儿索
那阳鹊叫啊哈捎着鸾鸽啊哈捎着鸾阿鸽

《龙船调》在土家族已流传了数百年,我唱起来同说话般自然。季先生听完意犹未尽,笑眯眯说:"丫头,你可以去学民歌试试,将来呀是个人民艺术家。"我一愣,这不正是我第一次看彩色电视机的"初心"吗?

"可我不认识老师,不知道跟谁学。"我想都没想,直接脱口而出。

先生说:"我可以找个老师给你。"

"要得,要得!"我压下怦怦的心跳。

那时,我正在实习,未走出校园,懵懵懂懂,还不确定自己未来该做什么。我的确爱唱歌,却从来没有经过系统专业的训练,也许我应该试试?

从那天开始,"人民艺术家"五个大字就深深烙在我的心里。何其有幸,先生不是随口说说而已。后来我在先生的推荐下,辗转遇到了我人生中的另一位贵人金铁霖先生,由此,我开始正式学习民族声乐。

季先生曾说,他看待人与人的关系,只要是一切善良的人,不管是家属还是朋友,都应该有一个态度,曰真,曰善。先生教导我,善良比智慧更重要,而认识到这一点,正是智慧人生的开始。

如此不求回报的善良,我永远铭记于心,先生是我一生的贵人。

先生与猫

在世人眼里,季先生是一位学贯中西的大师。他少有学志,从清华大学西洋文学系毕业后,负笈海外求学,贯通古今文字,遂成一代东方学大家。但熟悉他的北大老师告诉我,季先生是个再幽默不过的小老头儿,没有大师架子,还有很多趣事。

季先生特别愿意和陌生人聊天,用现在流行的话说,就是个"社交牛人"。季先生担任北大副校长时,爱跟来报到的新生打招呼,结果被误认为"老校工",于是他就站在毒日头底下,替新生看了几小时的行李,然后摆摆手走了。一直到开学典礼上,新生才发现"老校工"竟然是"老校长"。平时,先生在学校里散步,遇到来参观的寻常路人,

和季先生一样，我也有一只白色的猫

也会热情询问"渴不渴？要不要喝点水"。

先生对猫的情缘，是我对先生记忆最柔软的部分。

北京大学向来有护生、爱猫的传统。先生曾写文章谈及自己对猫的情缘：

"我从小就喜爱小动物。同小动物在一起，别有一番滋味。它们天真无邪，率性而行；有吃抢吃，有喝抢喝；不会说谎，不会推诿；受到惩罚，忍痛挨打；一转眼间，照偷不误。同它们在一起，我心里感到怡然，坦然，安然，欣然。"

这段话是先生赤子心的反映，也让我雀跃欢喜。我自小就爱猫，

215

没想到对猫的喜爱之情，竟被先生摹写得淋漓尽致。爱尽万物，自在豁达，先生有一颗慈悲的心，总能发现寻常背后的光彩、万物背后的美好。

在很长一段时间，季羡林先生携猫散步的生活，成为北大清晨未名湖畔的一景。他穿着朴素，在前面安静地走着，边走边看；比他更显眼的，是跟在他身后的猫，有时一只，有时几只。那只叫"咪咪"的白色波斯猫，长着一双蓝眼睛，性子最好，先生向前，它则跟着走，先生停下，它也停下。先生经常说："别人遛狗，我遛猫。"

有遗憾更有温暖

2009年夏，我正在母校忙着毕业答辩。恰逢我实习的单位为季先生筹划过生日，并安排我在生日宴上为他唱一首歌。天不遂人愿，季先生一直在301医院（中国人民解放军总医院），没有再出来。当我搭乘最快的航班赶去医院看望他时，他有些低沉，只是很简短地说："邓儿，那个歌就不唱了。"

那一天，阳光还很炽热，却透着一丝萧肃。先生在生日前的一个清晨走了……这首没有唱出来的歌，也永远封存在我的记忆里。

歌与诗是我的两只翅膀，都与先生有关。因歌而生的这段情谊，留下了一首歌的遗憾。而那些得蒙先生指点的诗稿，被我整理成了诗集《予香袅袅》[23]——以此缅怀恩师。

写这篇文章时，明月照在诗笺上，我想到这样一段话：

"在这个光怪陆离的人间，没有谁可以将日子过得行云流水。但我始终相信，走过平湖烟雨，岁月山河，那些历尽劫数、尝遍人间百味的人会更加生动而干净。"

这段话也正是对先生的写照。先生尝遍人生百味、世间冷暖，但他不认为苦难是绊脚之石，而将其视为打磨之剑、雕琢之刀，欣然接受一切，笑对人生。

季先生的一生都在耕耘和启迪。生命弥留之际，他的病房变成了书房。他留给我们的，不仅有学术上的成就，还有生命的至上智慧。他让我们知荣辱、懂进退；成就他人，方能成就自己。

缅怀先生的最好方式，是做一个善良的给予者——人与人之间哪怕只是一个暖心的微笑、一次认真的倾听、一句真诚的赞美，都可以给别人带去温暖。我默默祝福先生，天堂安好！

---

23 《予香袅袅》由作家出版社 2013 年 5 月出版。

恩师之风，山高水长

2022年底，我正躲在家里爬格子整理书稿，忽然接到一位师姐发来的消息：老师走了……我的笔顿时跌落在纸上，心咯噔咯噔跳，继而翻江倒海，被一片巨大的悲痛淹没。

金铁霖先生，我的恩师。作为中国民族声乐泰斗级的大师，他平生头衔无数，却最喜欢我们称呼他"老师"。刹那间，老师对我说的话在耳边响起。我与老师一起去国家大剧院看学姐的音乐剧，一起去眉州东坡吃川菜的热闹，我们十多个学生围坐在老师身边，一起在中国音乐学院金铁霖艺术中心学习的场景，一幕幕出现在眼前。

先学做人，再学唱歌

《祖国之恋》是我唱给老师听的第一首歌，那也是我第一次见到老师。

那天下午，我早早地来到中国音乐学院，老师的教学中心在二楼。我轻轻推门而入，只见教室布置成舞台模样，天花板上装了好多射灯照下来，舞台侧边放着一架三角钢琴，一位老师在弹琴伴奏。金老师坐在一边，静静地听着一位师姐的歌唱。阳光照在金老师的鬓角上，灰白发闪耀着温润的光。旁边墙壁上有一张"金铁霖从教五十年音乐会"海报，见证着老师"桃李满天下"的半个世纪。

轮到我了。大概因为是第一次，金老师起身亲自给我弹钢琴伴奏。他带我练了练声，听了听我的歌唱状态，说，"小邓啊，唱歌主要靠悟性，师傅领进门，修行靠个人。"然后语重心长地跟我说了一些做人的道理。时隔多年，老师的几句话我一直记得。他说："小邓啊，做事先做人，学习声乐也是这样，做好了人再唱歌，做不好人就不唱歌。"

回到家，我就想，该如何做人呢？做不好人，老师就不教我唱歌了，怎么办？

为了琢磨明白老师说的话，我开始翻阅各种书籍，先看名人传记，后读世界文学名著，也读中国传统典籍——《论语》《易经》、佛学、王阳明心学、曾国藩家训，甚至把《道德经》背了又背……

跟随老师多年，阅读已成为我的一个习惯——平时除了唱歌，就是读书。金老师不仅是我声乐事业的领路人，更是我人生道路的指明灯。多年过去，我越来越明白老师的话，也慢慢参透这世间的"道"，以及为人处世之道。

最难忘的一堂课

早在 20 世纪 80 年代,老师就率先提出并实践了中国民族声乐学派建设。他最早从湖南花鼓戏真假声唱法入手,糅合中国戏曲、民歌以及西方的演唱元素,创造了"金氏唱法"。

要唱好民歌,学会咬字、共鸣等发声技巧并不难,难的是如何通过声音表达自己对音乐的理解。用金老师的话说,不能"千人一腔",而要"一人一腔"。

名师出高徒。金老师一生培养出无数名动天下的艺术大家,包括李谷一、阎维文、宋祖英、戴玉强、吕继宏、张也、吴碧霞等,每一个名字都掷地有声,但老师从不将自己的成就示人。即使他获得了终身成就奖,也只是淡淡地跟我说了几句,倒是我为此激动了很久。

每次去老师那里上课,我都会见到一些"大腕儿"师哥师姐。以前我总在电视上看到他们,通过生活接触,才观察到他们学习异常刻苦,潜心钻研。即使拿了很多奖,还是经常去老师那里上课,时常带着自己的作品问老师:"这样处理好吗?麻烦老师再帮我听一听……"

金老师从不会只关注那些出类拔萃的弟子。他有教无类,对我们都一视同仁。我后来读到老师的一句话:"我没有关门弟子,我的门永远不关。只要我还有能力,就会继续把咱们中国声乐推向世界。"

跟老师相处是那样轻松惬意，祥和又温暖。他对我们的歌唱要求是"你要是比原唱唱得更好，这首歌就过关了"。

有一次在老师的艺术中心上完课，老师突然提出带我和另外几名研究生同学一起去观看师姐的音乐剧表演。傍晚六点钟，北京已到了堵车高峰，而音乐剧在晚上七点半开场。要在一个钟头内赶到二环内的国家大剧院，时间相当紧张。

我们刚上完课，一个个饥肠辘辘，加上长时间堵车，难免无精打采。没想到老师像变魔术般，从包里掏出了一袋饼干，笑着分给大家："来，先垫巴垫巴，不着急。"想到老师上了一整天的课，其实比我们更累，我们有些不好意思地吃着老师递过来的饼干，焦虑的心也静了下来。

事实上，老师不久前刚做完心脏手术，大夫说他需要多休息。但他牵挂着学生，总是瞒着大夫给我们上课，从清晨到傍晚，往返于学校家属楼和教室之间。

想到这里，我的心一紧，吃饼干的手开始不自在，泪水哽咽在喉……我偷偷望向车窗外，北京晚高峰的夕阳亦是如此美好。那个夕阳余晖中与老师坐一起赶路吃饼干的场景，让我一生难以忘怀……

金老师曾说："我要为中国声乐梦而努力，只要我还能教，我的探索就不会停止，要继续向前……"饱满的麦穗总是低着头，老师永

路过 时光

远都是低着头做事再做事，将一生心血倾注到民族声乐事业上，指引着我们向前再向前。

做完第二次心脏搭桥手术后，老师再次回到教学中心。有一天上课，老师亲自前来给我弹钢琴伴奏，没过一会儿，忽然，钢琴声停了下来。他往窗外看了看，又沉默了一会儿，低着头看着琴键说："小邓，我的时间不多了，你要努力，以后民族声乐的发展就靠你们了。"

我的心一沉，泪水在眼眶里打转。我默默地点头，说不出一句话。老师一直低着头，想必他那一刻也很难过。他是那样不舍，他还有那么多声乐梦想，还有那么多学生需要他……我五味杂陈，课堂上鸦雀无声。

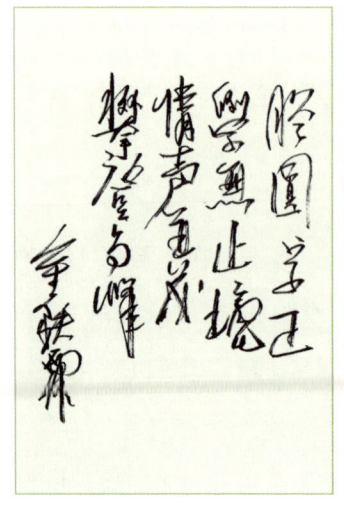

左：金老师题字　右：与恩师金铁霖先生合影

晚风拂过柳絮,我听见自己的呼吸声,这一课我终生难忘。

让中国声乐走向世界

如今恩师已仙逝,恍然间我又回到那个窗明几净的课堂,老师在钢琴上飞舞的双手、慈祥的面庞烙印在我心上。

许多师哥师姐带着老师的初心走出国门,唱响维也纳金色大厅,唱响纽约林肯中心,唱响世界各地……

回忆与老师的点滴往事,我深深感激他的教诲,也时刻谨记老师的话:"一定要先做人,再做事,做好人,做一个厚德载物的人,做一个事事利他的人。"

2017年春节前后,我无意间在短视频平台,看到一个女孩在澳大利亚墨尔本街头翻唱我创作的歌曲《家》。这时,我不禁想起金老师那段话:"我是教声乐的人,我就要把中国声乐的梦做好,让全世界的人都喜欢,要让外国人都唱中国歌儿。民族声乐走向世界,这就是我的中国梦。"

我也希望自己能延续老师的梦,把中国的民族声乐发扬光大,让全世界的人都来听一听中华民族的瑰宝——民族声乐。

"云山苍苍,江水泱泱,先生之风,山高水长!"

第七章　给予的永不会失去

心手相牵，爱无冬季

法国作家拉·封丹写过这样一则寓言：

> 北风和南风比威力，看谁能把行人身上的大衣脱掉。
>
> 北风呼啸，行人为了抵御寒冷，便把大衣裹得紧紧的。南风则徐徐吹动，带来风和日丽，行人感到温暖，便脱掉了大衣。
>
> 北风为了自己的目标不择手段，不顾他人感受，反而使人产生抗拒心理。而南风努力给予，思考如何同时利己利他、相互成就，由此获得了胜利。

"南风法则"也叫"温暖法则"，它阐释了一个道理：温暖胜于严寒，给予胜于索取。

人的本性都倾向于"被给予"，"反者道之动，弱者道之用"（老子《道德经》），真正的"大道"是反着来的，如果我们遵循"大道"逆人性反过来，将"被给予"变成"主动给予"，予人玫瑰，手留余香，所有的爱与善也会回馈给我们。

我的高中老师

前不久,我看到了关于张桂梅老师的新闻,深受触动。

张老师任教的中学地处偏远山地小城,在这里很多女孩子因贫困放弃读书。为了让她们回归课堂,张老师根据每个孩子的情况,用各种方式寻找解决方案,"一个都不能少"。凭借着坚持不懈的努力,她在12年间引导了1600余名贫困女生重返学校,更是帮助很多孩子走出了大山,改变了命运。

电视新闻里有一个画面让我印象很深:

华坪女高的高三毕业生在结束晚自习后回到宿舍。她们在放下手里的物品后,突然冲了出来,紧紧抱着张老师,泪流满面。她们舍不得离开老师。有个女生怕张老师身体承受不住,一直提醒同学们:"抱轻一点,抱轻一点!"

那一刻,我想起了我的高中老师。

我曾经休学,仿佛人生停了摆,那是我记忆中的至暗时刻。

读书从快乐变成压力,是从高中开始的。周围的长辈经常说高考是我们这代人唯一的出路,"唯一"像一座大山一样,压在我的身上,于是我开始给自己"上手段",各种发愤图强。直到有一天,我扛不过去了，选择逃跑了！我趁一个周末回到家中，再也不愿意去学校了。

当时，我的语文老师（也是我们的高中校长）刘老师听说我因压力过大而休学，担心我就此放弃学业。于是带着班主任辗转找到我家，语重心长地对我说："超予，不管能不能考上大学，你都要好好读书，你想拥有什么样的未来，全部由你自己创造。"

刘老师的善意让我感到无比温暖，也给了我前行的勇气。第二天一大早，我收拾好书与衣服，告诉我的母亲：我去创造未来喽，我上学啰！

五块钱的心意

大学暑假期间，学校的几位学长组织我们去大别山探访红色文化。当我们欢呼雀跃来到大别山时，心情却沉重起来。

我看到了让人揪心的一幕：这里的孩子们都穿着打满补丁的衣服，有的没有穿鞋，有的脚上蹬着的还是大人穿过的草鞋——那种草鞋我很熟悉，小时候大爷爷会用各种草藤编织出简易凉鞋给我穿。

我们一起商量给孩子们留点钱，让他们能买点衣服和鞋袜。可当时还处于学生时代的我们，身上并没多少钱。几个同学一凑，都是一块钱、五块钱的纸币，只有两位同学有一百元的大票。我们走了半天的山路，找到一家小镇上的杂货铺，把这一百元换成零钱，给每个小朋友发了五元钱。

我们边哭边发钱，孩子们感动着哭，我们则是心疼着哭，我们真的太想帮助他们了，以至于发光了身上所有的钱。快到下午的时候，几个同学商量了一下，回到之前换零钱的杂货铺，询问店主阿姨说，能不能帮她卖杂货，换取一点回去的路费。她知道我们的钱都给了这些大山里的小孩子，爽快地同意了。

最终在阿姨的帮助下，帮我们垫付了几个同伴的车票钱，我们成功返校了。我们帮了小孩子，阿姨帮了我们。原来，爱与善意真的可以传递。

一晃十几年过去了，当年的孩子们也都长大了。他们或许也会和我们一样，对那天的相遇念念不忘。"爱是给予，所以永远不会失去。"诺贝尔和平奖得主特蕾莎修女如是说。我的公益之路，也从当年的那次大别山之旅开启了。

球王与音乐会

2010 年，阿根廷球王马拉多纳来到中国，参与中国红十字基金会举办的"温暖中国行"慈善活动。他不仅捐赠了个人物品，还带领多位现役阿根廷球员，进行了几次足球义赛。面对全中国球迷的热爱，老马用自己的实际行动和影响力筹集善款，助力中国公益慈善事业。

我作为公益大使出席了这场活动，顺便还向老马介绍了土家族的非遗文化。当我讲到哭嫁（幺妹儿出嫁要以泪洗面）和跳丧（土家人用跳舞唱歌祭奠亡灵）时，他一脸惊讶，瞪大眼睛看着我："Really?（这是真的吗？）"现在想想觉得很有趣。那次交流后，中国文化一定成为老马心中最亮丽的一道风景线。

之后几年时间里，我时刻关注着老马的公益之路。2012 年，刚做完肾结石手术的老马重返中国，为中国儿童慈善事业筹款，用足球撬起孩子们的希望。而我在思考，超予应该做点什么？我想用音乐吧！用音乐助力孩子们飞翔。

三年后，在一个高考刚刚结束的夏天，我在家乡举办了一场"予乐为民行"公益音乐会。我们打算通过音乐会的形式，为当地孩子们筹集爱心款物。我跟团队从零开始筹备，整个过程我一直忐忑不安，很担心什么都筹不到。

我们为这次音乐会筹备了半年，积极奔走，最终得到了很多爱心

人士的帮助。音乐会前几天，团队伙伴们告诉我，已经筹到1000多万元物资！听到消息的一瞬间，我的眼泪夺眶而出，有喜悦，有感动，更多的是感恩。

音乐会现场，我们再次募集了近400万元的物资。我不记得那天在台上，流下了多少感动的泪水。只记得，在那个掌声和呐喊声此起彼伏的夜晚，月光是如此皎洁，我的内心是如此澎湃。

稻盛和夫曾在他的书里写道，世间运行的规律总是螺旋上升，不断向上、向善。正如老子在《道德经》里所说："上善若水，水善利万物而不争，处众人之所恶，故几于道。"我想我们也应该遵循宇宙运行的规律，顺应"大道"，做一个向上向善的人。这应该也是生命的本质规律所在。

感谢张桂梅老师、刘老师、马拉多纳这些拥有"道"，遵循"道"，顺应"道"的人。他们用爱与勇气，为无数漂泊而迷茫的灵魂指引了方向、抚平了伤痛、照亮了未来。

"星星的孩子"

公益路上，令我印象最深的是一群特殊的孩子。

我与他们相逢在一个儿童节。那天的宜昌下着小雨，天灰蒙蒙的，我来到一所特殊儿童学校。

这所学校的孩子们患有孤独症，他们很少跟人对视，往往以低头或偏头来回避，看上去生活在自己的世界里，就像遥远的星星在夜空中独自闪烁。因此，他们被唤作"星星的孩子"。特教老师告诉我，在这些孩子身上，并不缺乏对世界的好奇，他们只是不习惯用我们的方式来表达自己。如果能用他们感兴趣的事物去引起注意，更容易和他们心对心。

我拿出给孩子们准备的小礼物——书包、漫画、折叠球、泡泡器等，分发到孩子们的课桌上。当收到礼物的兴奋逐渐平静后，他们开始围过来找我。然后我坐到钢琴旁，与他们弹琴唱歌。

一个扎着羊角辫、四五岁的小女孩主动过来，坐在钢琴旁边，怯生生地听我弹奏。她的身体小心翼翼地朝我倾斜、再倾斜，她的眼睛

第七章　给予的永不会失去

在宜昌看望"星星的孩子"

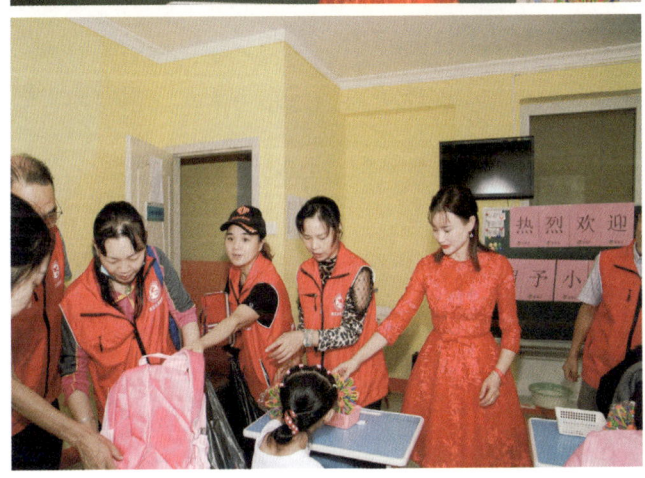

里好像真的有星星在闪烁……这个美丽的画面暖暖地又温柔地淌在我的记忆中，我永远珍藏着。

　　再后来，他们欢呼雀跃地拉着我一起吹泡泡，如彩虹那般。他们小心翼翼地在纸上画出好多个五彩斑斓的"超予小姐姐"，踮起脚给我系上红领巾。他们拉着我的手围成一个圆唱起了《小星星》，他们还在黑板上写下几个大字：我们都爱超予小姐姐……

233

那一天，我仿佛回到了童年时光，快乐纯真，无忧无虑……然而我的心如同宜昌天气一样，稍有一丝沉重……我该如何尽我微薄的力量，给予这些孩子更多的关照和爱呢？

2020年秋天，漫山野秋菊、满树柿子映照着瓦蓝的天空。在这个收获爱与希望的季节，我成立了"予乐童行"公益助学计划。黄雅莉、阿幼朵、陈瑞、阿朵、阿鲁阿卓、王莉、温峥嵘、孟文豪、姚雪松等众多爱心友人，纷纷为我们的活动打Call、助力。我携手中国音协副主席、著名作曲家舒楠老师为"予乐童行"定制了一首公益歌曲《爱无冬季》，其中有几句歌词是："无论再多风霜雪雨，一路有你，爱无冬季。"

九月，金桂飘香的季节，我为"予乐童行"举办了启动仪式和公益音乐会，并用筹到的款项为家乡捐赠了爱心音乐教室和"智慧书屋"。我希望孩子们的生命中永远有音符流淌、书香漫漫。

捐赠仪式开始之前，我回到母校，与刘老师重逢。他已经退休，两鬓霜白，但依然记得我是当年差点辍学的"小超予"。他一见面就笑吟吟地说："超予，今天该你来给孩子们上课了。"

那天，我和孩子们坐在明亮的音乐教室里弹琴唱歌。窗外的阳光洒在钢琴上，也洒进了所有人的心里。美妙的音符在琴键上流淌，我想起自己20年前也跟他们一样，对未来既满怀期待，又彷徨不安。

第七章 给予的永不会失去

"予乐童行"公益相关的活动和电子图书馆

235

路过 时光

每个人心中都有一个梦，为了这个梦，我们有期待，有坚守。一路走来，或是崎岖不平，或是蜿蜒曲折，但总会在山重水复之后，看到柳暗花明。而爱与梦想的力量，是治愈内心创伤的最好良药，是前行路上最坚定而强大的依仗。我的脑海里响起席琳·迪翁的那首歌——《梦想的力量》（*The Power Of The Dream*），这是我最爱的一首歌曲。

我坚信，拥抱梦想的力量，让爱永驻于心，我们终究会攀过那座山，看到更美的风景！

我在黑板上写道："祝梦想成真。"

路过时光

演唱：邓超予

词曲：孙英男

1=G 4/4
♩=78

3 5 5̲4̲4̲2̲ | 2 5 5̲2̲2̲1̲ | 1 3 3̲1̲1̲6̲ | 7̣ 3̲3̲0̲3̲4̲5̲ |
暖 阳 照在诗的 远 方 那时我们 一 样 不懂时间 有 多长 无人广

6 0̲1̲7̲ 6 | 5 4̲3̲0̲3̲2̲3̲ | 4 0 0̲3̲2̲3̲ | 4 0 0 0 |
场 你看星 光 多亮 路过时 光 不必慌 张

3 5 5̲3̲3̲2̲ | 2 5 5̲3̲2̲3̲ | 0̲1̲1̲2̲3̲i̲ | 7̣ 3̲5̲0̲5̲6̲5̲ |
心上 许下一个 愿望 还是一样 只有我会懂你 的 倔强 风吹的

6 1̲1̲2̲6̲ | 5 7̲i̲.0̲3̲ | 4̲3̲4̲5̲6̲i̲i̲2̲ | 2-0̲3̲2̲i̲i̲ |
晚 上你的身影 被拉长 憧憬着未来什么模样 我走过

i 5 0̲2̲i̲7̲7̲ | 7 5 0̲5̲4̲3̲ | i̲2̲i̲i̲ 0̲i̲2̲i̲ | 7 3 0̲3̲4̲5̲ |
夕阳 我走过小巷 我走过花 香 我走过海洋 远航的

6̇ i̲7̲2̲6̲ | 5 4̲3̲0̲3̲2̲3̲ | 4-0̲3̲2̲3̲ | 4-0̲5̲4̲3̲ |
船帆 总有自己的 风向 就随着浪 自由徜徉 我走过

3̇ 5 0̲3̲2̲i̲ | 7 5 0̲5̲6̲5̲ | 3̇ i̲ 0̲i̲2̲i̲ | 7 3 0̲3̲4̲5̲ |
疯狂 我走过无恙 我走过时光 我走过感伤 被爱的

6̇ i̲0̲7̲i̲6̲ | 5 4̲3̲.0̲ | 2̲2̲2̲3̲5̲5̲ 2̲3̲2̲ | 2-3̲5̲2̲i̲ |
时候 也会热泪盈眶 至少还有远方那束光 为我绽放

i - 0 0 ‖

*《路过时光》散文集同名治愈单曲

图书在版编目（CIP）数据

路过时光 / 邓超予著. — 北京:中国青年出版社,
2025.1.—ISBN 978-7-5153-7569-4

Ⅰ.I267.1

中国国家版本馆CIP数据核字第2024VP5357号

路过时光

作　　者：邓超予
责任编辑：刘　霜　罗　静
营销编辑：邵明田
书籍设计：黎花莉
出版发行：中国青年出版社
社　　址：北京市东城区东四十二条21号
网　　址：www.cyp.com.cn
编辑中心：010-57350508
营销中心：010-57350370
经　　销：新华书店
印　　刷：北京科信印刷有限公司
规　　格：710mm×1000mm　1/16
印　　张：15.75
字　　数：180千字
版　　次：2025年1月北京第1版
印　　次：2025年1月北京第1次印刷
定　　价：88.00元

如有印装质量问题，请凭购书发票与质检部联系调换
联系电话：010-57350337